어렵게 낳고 힘들게 키운다고?
무작정 육아

어렵게 낳고
힘들게 키운다고?

무작정
육아

김희진 지음

프로방스

프롤로그

"하은이, 세면대에서 물장난 그만하고 나오세요!"

"선생님, 보세요. 손을 씻고 있는 건지. 장난하고 있는 건지."

다섯 살 난 아이 말에 할 말을 잃었다. 이십 년이 넘어도 그 장면이 선명하다. 2000년도 당시 나는 이십 대 초반이었다. 낮에는 어린이집 보조 교사로 일했고 저녁에는 학원에 다녔다. 아이들과 지내며 알았다. 아이 키우는 게 보통 일은 아니구나. 난 못하겠다.

월드컵으로 들썩이던 2002년 여름. 서울 시청 앞 광장, 대학로에서 월드컵을 마음껏 즐겼다. 그해 가을 취업에 성공했다. 어린이집 교사가 아닌 니트 디자이너로. 어른과 일을 하니 말이 통하고 몸이 힘들지도 않다. 점심 식사도 의자에 앉아 편하게 먹을 수 있어 좋았다. 커다란 링 귀걸이를 하고 하이힐도 신는 다. 짧은 치마를 입어도 되고 머리를 질끈 묶지 않고 치렁치렁 늘어뜨려도 된다. 흰색을 좋아해서 흰 티셔츠에 흰 바지 윈 없이 입었다.

친구와 함께하는 게 좋았다. 대학 졸업 전까지 혼자서 무엇을 한다는 건 상상하지 못했다. 이 년 동안 아이들에게 단련된 덕분인지 혼자가 편해졌다. 식당에서 밥 먹는 건 물론, 쇼핑하기, 여행하기, 다른 사람 신경 쓸 거 없이 나만 챙기면 된다. 홀 가분하고 자유로웠다. 개인주의가 이토록 편하다니. 결혼하지 않고 혼자 살리라.

삶은 흐른다. 결혼도 했다. 삼십 대는 달랐다. 마음먹었다고 다 되지 않는다는 것을 알았다. 아이가 생기지 않아 전전긍긍

했다. 돌아보면 그 시간이 있었던 게 다행이다. 쉽게 낳고 키웠으면 당연하게 여겼을 터다. 노력하고 열심히 하면 무슨 일이든 성공할 줄 알았다. 어떤 일은 시간이 걸린다. 때로는 포기도 필요하다. 임신과 출산, 육아가 그랬다.

모든 사람이 대단하게 보인다. 우리는 무수한 확률을 뚫고 이 세상에 왔다. 귀하게 나에게 온 아이. 키우는 일이 조심스러웠다. 나로 인해 잘못되는 건 아닌지. 엄마로서 잘하고 있는지. 어렵게 낳았는데 육아 또한 만만치 않다.

엄마가 되기 전과 후 달라진 점이 한두 개가 아니다. 색깔별로 사둔 전지현 틴트, 바르지 않아 버렸고 기분에 따라 바꿔쓰던 향수는 몇 년간 방치되어 방향제가 되었다. 짧은 반바지, 딱 붙는 옷들은 헌 옷으로 팔거나 버렸다. 귀걸이를 하지 않은 지 오래되어 구멍이 좁아졌다. 오랜만에 귀걸이를 좀 해볼까,

무작정 육아

했다가 도로 서랍에 넣었다. 종일 아이부터 챙긴다. 먹이고 이 닦이고 입히고. 아이는 멀쩡히 입히려 애썼다. 정작 나는 거울도 보지 않고 외출하면서 말이다. 지하철 창문에 비친 내 모습을 보고 깨달았다. 뒤집어 입었다는 사실을.

직업 체험하듯 아르바이트를 포함해 여러 일을 경험했다. 고난도 직장은 어린이집이었다. 청바지에 밥풀을 달고 퇴근하고 집에 돌아오면 녹초가 되었다. 잊고 살았다. 아이 하나는 괜찮을 줄 알았다. 낳기만 하면 되는 줄 착각했다. 현실 육아는 생각보다 쓰디썼다. 아이는 스스로 잠자는 법을 몰랐다. 숙면이 이토록 소중한지 아이를 키우며 깨달았다. 먹이는 일도 쉽지 않다. 입이 짧은 탓인지 몇 번 젖을 빨다 잠이 들었다. 깨우려 노력했지만 허사다. 젖을 빨며 자는 게 달콤한가 보다. 이대로면 아기를 계속 키울 수 없을 것 같았다. 종일 안아서 먹여야 하니 쉴 틈이 없다. 귀를 만지고 발바닥을 간질여도 꿈나라로 간 아기를 깨울 수는 없었다. 옷 입는 건 어찌나 싫어하던지 나중에는 양말 대충 신기고 내복 차림으로 아기 띠를 하고 외출했다. 딸 로망, 예쁘게 옷 입힌 아기는 인스타그램에만 있었다. 남편이 출장을 가면 육아를 전담하게 된다. 어느덧 아이에게 점점 익숙해졌다. 무엇을 좋아하는지 싫어하는 것은 무엇인지. '안'이라고 말하면 안아주고 '쇼'라고 말하면 손을 잡아주었다. 항상 촉을 세우고 아이만 바라봤다. 육아서를 보며 할 수 있는 것을 골라냈다.

아이가 자라니 내 시간도 생겼다. 육아와 병행하며 할 일을 찾기 위해 여기저기 배우러 다녔다. 무언가를 밖에서 채우기에 급급했다. 2020년 코로나19 확산이 심각해졌다. 나를 돌아보는 시간이 되었다. 지나고 보니 다행이기도 하다. 내면을 들여

다보지 않고 외부 상황에 휘둘렸다. 멍들고 있는 줄 몰랐다. 반면 잘한 일들도 있었다. 글을 쓰며 알았다. 남 탓하고 부정적이던 나를 돌아보게 된 계기가 코로나 덕분이다.

아이가 생기지 않던 시간이 약이 되었다. 과거를 돌아보는 것은 중요하다. 칭찬하고 반성하며 성장해 나간다. 아이만 자라는 게 아니라 엄마인 나도 자라고 있다. 몇 년 후 중학생이 될 윤이는 상상이 되지 않는다. 그냥 지금 할 수 있는 것을 하려고 한다.

1장과 2장에서는 어려웠던 임신과 출산에 관한 내용을 담았다. 덮어두었던 어린 시절을 끄집어냈다. 힘들다고만 생각했던 지난날이 새롭게 다가왔다. 3장에서는 초보 엄마가 육아에 적응해 나가는 모습을 그렸다. 아이만 낳으면 되는 줄 알았다. 눈물로 밤을 보내고 책을 들었다. 육아서에 의지하며 견뎠다. 4장과 5장은 아이와 함께 성장하는 엄마가 되기 위한 나름의 방법들을 적었다. 모든 게 쉬웠다면 성장도 없었을 것이다. 좌절하고 힘들 때도 있었지만 그 속에서 깨달아 갔다. 천천히 와 준 아이 덕분에 감사와 소중함을 알았다. 노산이니까 열심히 운동했다. 아이만 큰 게 아니라 나도 자라났다. 남과 비교하지 말고 어제 나와 비교한다. 어제랑 별로 차이가 없게 느껴진다면 실망하긴 이르다. 몇 년 전 나와 비교해 보면 안다. 주름과 잡티가 생긴 만큼 나도 성장했으리라.

노산, 난임 아이만 낳으면 끝이 아니다. 육아는 또 다른 산이었다. 쉽게 지쳤다. 요리를 잘 못했다. 육아 상식이 전혀 없었다. 모성애는 저절로 나오는 줄 알았다. 내향성 엄마다. 아이 키우기에 좋은 조건이 하나도 없는 사람이었다. 그래도 나만의 육아를 찾으려 노력했다. SNS에 수시로 올라오는 정리된 집, 예쁘게 옷 입은 모델 같은 엄마와 아기. 여행은커녕 내복 차림으로 집 앞 카페 가는 게 고작이었다. 남들을 부러워하며 따라 했다면 어땠을까? 행복과 불행은 마음먹기에 달려있었다.

버킷 리스트에 있던 책 출간. 죽기 전에 언젠가 책을 내고 싶었다. 육아에 관한 이야기가 될 줄은 몰랐다. 코로나19로 외부 활동 차단되니 나를 돌아보는 시간이 생겼다. 어쩌면 다행인지도 모른다. 글 쓰게 되었으니.

육아가 처음이라 막막했다. 나처럼 어딘가에서 어렵게 아이를 키우며 애쓰는 초보 엄마에게 가 닿기를 바란다.

차

례

—

제1장

결혼했다고 엄마가 되진 않는다

제2장

어느 날 문득 아이가 나에게 왔다

제3장

잘 키울 수 있을 거란 착각

제4장

무작정 육아

제5장

'맘'대로 키우기

제1장

결혼했다고
엄마가 되진
않는다

기다렸지만 찾아오지 않는 아이

연말이면 목표를 세운다. 운전에 도전하기. 이사 알아보기. 새벽 기상하기. 물 마시기. 운동하기. 계획대로 척척 이룰 수는 없지만 희망을 품는다. '새해'라는 단어가 주는 힘이 있다. 이번에도 다이어리에 적는다.

이십 대 목표는 단연 취업. 가장 어려웠다. 내 노력만으로 할 수 없기 때문이다. 그 외는 해내면 되는 일이었다. 새벽에 어학원 다니기, 색채전문가 자격증 따기, 일본 도쿄로 어학연수 가기, 퇴근 후 운동하기, 유럽으로 한 달간 혼자 배낭여행하기. 내가 원하고 노력하면 이룰 수 있었다. 결혼은 이십 대 목표에 넣지 않았다. 꼭 해야 한다면 마흔에 할 생각이었다. 이

무작정 육아

대로 좋았다. 시간과 돈을 내 마음대로 쓰며 자유로웠다.

삼십 대, 압박이 온다. 선봐라. 결혼해야지. 친구들도 하나 둘씩 청첩장을 줬다. 드레스 입은 친구 모습이 낯설다. 신혼집에도 초대받았다. 분명 나랑 똑같이 아무것도 하지 못했다. 그런 친구가 요리도 하고 집안일 하는 솜씨가 제법이다. 드라마 속에서 보던 것처럼 알콩달콩했다. 얼마 후 임신 소식을 전했다. 당연한 일인 듯 축하해 줬다. 만삭인 모습이 신기해 배를 만져보기도 했다. 출산 후는 달랐다. 쉼이 없다. 평일도 주말도 명절에도 만나기 어려웠다. 겨우 시간을 내서 만나면 아이를 꼭 데리고 나와야 했다. 외출이 힘든 친구는 집으로 찾아갔다. 예전처럼 대화하지 못했다. 얼마 후 싸이월드로 둘째 임신 소식을 전했다. 아이가 둘이 되고는 얼굴은커녕 전화 통화조차 어려웠다. 결혼, 출산, 육아. 행복하다고 하지만 진정 행복한지 모르겠다. 남들이 하니까 나도 따라 해야 하는 건가?

2011년. 날을 잡았다. 심드렁한 마음은 온데간데없고 신이 나서 준비했다. 마치 결혼하려 살아온 것처럼. 먼저 식장을 예약했다. 연초지만 명동 성당 10월 예식은 이미 꽉 차 있었다. 서울역에서 가까운 중림동 성당으로 결정했다. 실제로 보니 조용하고 명동 성당보다 마음에 들었다.

다음은 준비는 예비 신부 로망, 결혼식 준비의 꽃인 일명 '스.드.메.' 비용도 만만치 않다. 스튜디오 촬영, 드레스, 메이크업. 세 가지가 세트다. 그중 두 가지를 선물 받았다. 스튜디오 촬영과 메이크업이 그 선물이다. 스튜디오 촬영하기 전 메이크업을 받으러 미용실에 갔다. 연예인들이 다닌다는 청담동 미용실은 거울만 봐도 반짝반짝하다. 눈을 몇 번 감았다 뜨니 딴사람이 되어있었다. 피부관리실을 운영하는 동생 덕분에 신부 관리를 꾸준히 받아서 그런지 화장도 들뜨지 않고 피부가 촉촉해 보인다. 드레스는 내가 만들었다. 디자인은 한가인이 입었던 스타일. 비즈는 친정엄마 손품으로 달았다. 반짝이는 비즈 하나하나가 엄마의 땀과 섞였다. 십 년 후, 내가 만든 웨딩드레스를 입고 촬영할 계획으로 공을 들였다.

신혼여행을 정할 차례. 가고 싶던 유럽은 나중으로 미뤘다. 삿포로 숙박권을 결혼 선물로 받았다. 여행사 다니는 친구 덕이다. 계획대로 내가 만든 드레스를 입고 촬영하고 결혼식도 무사히 마쳤다.

이야기 속에서는 사랑하는 두 사람은 결혼하고 아이들을 낳고 행복하게 살았답니다. 아름답게 끝난다. 드라마를 봐도 그랬다. 복작복작 가정을 꾸리며 끝이 난다. 나는 여전히 회사에 다녔다. 집안일은 빨래 조금이 다였다. 요리 잘하는 남편 덕

무작정 육아

분에 설거지만 거들었다. 동료들은 결혼하고 임신과 출산으로 휴직계를 냈다. 나도 남들처럼 아이를 낳고 육아 휴직할 생각이었다.

퇴근길. 많은 사람이 오고 간다. 배가 불룩 나온 사람이 있다. 그러면 나도 모르게 시선이 간다. 사람들이 대단해 보였다. 이렇게 많은 사람은 어떻게 태어났을까. 건널목 앞에 섰다. 아기의 엄마는 축 늘어진 어깨로 아기차에 기대어 있었다. 얼굴에는 아무런 표정이 없다. 아기는 무엇을 원하는지 칭얼댄다. 아기 엄마는 멍하니 신호등만 보고 있다. 초록 불이 되자 힘껏 밀어 출발한다. 아기차에는 반찬거리가 주렁주렁 달려있다. 발걸음이 힘차다. 서둘러 갈 필요 없는 나는 천천히 길을 건넜다.

집을 치웠다. 맑은 날씨라 창문을 열어뒀다. 선생님이 종종걸음으로 오는 게 보인다. 중국어 수업을 하는 날이다. 차를 드릴까, 해서 여쭤보니 다방 커피가 좋다고 한다. 창밖을 바라보며 커피를 마신 선생님 얼굴에 편안한 미소가 보였다. 조용하고 평화로운 낮. 집에 있으면 여유 있는 시간이 없다고 한다. 주부, 엄마, 직장인까지 1인 3역이다. 별거 없는 내 일상이 선생님에게는 소망하는 일이었다.

쉬는 날 친구를 만났다. 그 친구도 결혼 후 아이가 없었다.

낳지 않을 거라고 말하곤 했다. 그런데 아기가 생겼다. 콩알만 해서 태아라고 할 수 없다며 미소를 짓는다. 결혼 육 년 만이다. 같이 지하철을 탔다. 낮이지만 지하철 안은 사람이 많았다. 앉을 자리가 있나 둘러봤다. 뱃속 아기는 그저 세포에 불과하다며 괜찮다고 한다. 여섯 해나 기다린 아기. 얼마 후 아기가 사라졌다는 소식을 들었다.

목돈이 생겼다. 막연히 태어날 아이를 위해 모아 놓은 적금이다. 그냥 놔두면 흐지부지 써버리게 된다. 나를 위해 무언가 배우는 데 쓰기로 했다. 설탕공예. 설탕 반죽으로 케이크 장식을 만든다. 조물조물 아이들이 가지고 노는 클레이 같다. 예쁘다. 창업할 수도 있다. 내가 잘할 것 같은 기대감이 생겼다. 쉬는 날 수업을 듣고 오면 하루가 다 갔다. 선생님은 태교로 설탕공예를 배우면 좋다고 한다. 손으로 만드는 작업이라서 말이다. 작업에 열중하다 보면 잡념이 사라진다. 하나씩 작품이 완성되었다. 언젠가 태어날 아기의 백일, 돌잔치 케이크 만드는 상상을 했다. '아이가 크면 창업할 수 있겠지.' 시간이 제법 걸렸다. 육 개월 동안 작품만 쌓여갔다.

〈꽃보다 누나〉가 한다. 기다리는 TV 프로그램이다. 여행 자극, 보기만 해도 좋았다. 잘 몰랐던 크로아티아 여행 편이다. 가장 인상 깊은 도시는 아드리아해의 진주 두브로브니크다. 가

무작정 육아

고 싶다. 여행 계획을 세웠다. 크로아티아가 아닌 제주도 2박 3일. 퇴근 후 저녁에 출발하는 비행기를 탔다. 숙소는 바다가 바로 앞에 있는 곳으로 잡았다. 도착하니 밤이다. 캄캄해서 바다가 있는지 없는지 보이지 않는다. 일정표는 짜지 않았다. 블로그를 보고 맛집을 찾아갔다. 홍보성 글이었다. 유명한 카페는 서울 같았다. 짧은 여행. 제주도의 여유를 느낄 새도 없이 지나갔다. 공항으로 가기 전에 바다를 보러 나갔다. 파도와 바람 소리뿐 아무도 없다. 바위에 부서지는 파도. 뭐든지 부숴 줄 기세다. 거기에 내 걱정도 놓아두고 싶다. 바다를 보며 머릿속을 비운다. 마냥 바라보는 여유가 필요했다. 맛집 찾아다니지 말고 여기 있을걸. 다음 여행은 크로아티아다.

기다림은 축복이다. 설렘, 소망, 간절함도 들어있다. 소풍 가는 날 비가 오지 않기를 바라며 기도한다. 크리스마스이브 산타클로스가 선물을 가지고 올까? 고대한다. 첫 해외여행 가기 전 여권 사진 찍는 마음. 이미 여행지에 가 있다. 데이트하는 날. 평소와 다른 눈 화장을 한다. '오늘은 어떤 옷을 입을까?' 이 옷 저 옷 입어본다. 아기가 찾아오기를 기다렸다. 기도한다. 나는 믿는다. 반드시 축복을 만나게 될 거라고. 기쁨을 누리게 될 거라고. 그렇게 나의 기다림은 계속되었다.

원인 찾기

알고 싶다. 왜 난임인지. 열심히 살아냈을 뿐인데, 아이는 찾아오지 않았다. 이유라도 알면 답답하지 않을 것 같았다. 뭐든 원인은 나부터 돌아봐야 한다. 몸과 마음을 돌보고 내 안에서 찾기. 한 번도 해보지 않았고 생각해 본 적이 없다. 어색한 일이다. 외부 상황 탓으로 돌리기 바빴다.

'일이 늦게 끝나서 운동할 시간이 없어. 교대 근무하느라 규칙적인 생활은 불가능해. 스트레스가 쌓여 야식 먹게 돼. 회사 다니려면 어쩔 수 없어.'

겉보기에 멀쩡해 보인다. 건강한 사람과 그렇지 않은 사람의 기준을 모르겠다. 검진하면 나오는 수치가 전부는 아니다.

무작정 육아

아픈 곳이 없고 생활하는 데에 불편하지 않다. 그래서 다 괜찮은 줄 알았다. 미뤄뒀다가 12월이 되어서야 건강검진 센터를 찾는다. 검진 결과 역시 특별한 문제는 없고 운동이 부족하단다. 잔병치레도 하지 않고 감기도 잘 걸리지 않는 편이다.

어릴 때는 기질이 소심하고 겁이 많은 아이였다. 1월생인 데다 또래보다 몸집이 작았다. 초등학교 3학년이지만 유치부 동생들과 있어도 아무렇지 않았다. 오히려 안정되었다. 마음도 몸집처럼 소심했다.

넉넉한 형편이 아니지만 부모님은 가끔 한약을 지어 주셨다. 탕약 끓이면 냄새가 집안 가득하다. 한동안 가시지 않는다. 요즘처럼 낱개 포장이 아니다. 타지 않게 신경을 써야 한다. 달이기 까다로운 보약. 어린아이가 먹기 쉽지 않다. 다 마시고 나면 당당하게 사탕을 입에 넣는다. 맛없지만 군소리 없이 마셨다. 키가 클 거라는 믿음이 있었나 보다. 늘 맨 앞자리 앉는 소심한 아이. 내 바람과는 다르게 키도 크지 않았고 살도 찌지 않았다.

성인이 되어도 어린 시절과 별로 다르지 않았다. 키는 161센티미터, 몸무게는 47킬로그램. 결혼 후 아이가 없어서 그런지 주위에서 한의원을 추천해 줬다. 해를 넘기기 전에 한 재 지었다. 내 돈으로 처음 지어보는 보약이다. 비싼 만큼 몸에 좋을 거라는 막연한 기대감이 생겼다. 진맥하면 무엇을 알 수 있는지 궁금했다. 몸이 어떻다는 말은 들을 수 없었다. 궁금한데 물어보지 못했다. 한 달이 지났다. 아이 소식은 없었고 살이 찌지도 않았다.

벚꽃이 만발했다. 꽃잎이 날리는 길가에 한의원이 있었다. 집에서 지하철과 버스를 타고 한 시간 반 걸려 도착했다. 이번에는 친정엄마가 돈을 냈다. 한 번 더 한약을 먹어보는 게 어떠냐고. 어린애도 아닌데 엄마와 같이 한의원에 갔다. 이번에도 몸이 어떠냐는 질문은 못 했다. 몇 재를 먹어도 변함이 없었다.

인터넷 검색하다 발견한 곳. '인터넷 카페.' 주부들이 겪는 고민과 주제로 소통할 수 있다. 친구나 직장 동료들에게 물어볼 수 없는 이야기. 임신 준비에 관한 글도 있다. 스트레스는 도움이 되지 않는다고 조언한다. 임신 전 산전 검사도 받아야 한단다. 병원은 어디가 좋은지 알려주기도 했다. 아이가 생기지 않아 고민하는 사람이 나뿐만은 아니었다. 난임에 대한 고민 글을 보며 조금이나마 위안이 되었다. 하지만 그뿐 해결책은 아무것도 없었다. '아이 없이 편하게 살자.' 마음을 비우기가 쉽지 않았다.

눈에 띄는 책이 있었다. 제목은 《임신이 잘 되는 몸만들기》이다. 불임을 극복할 수 있는 습관을 알려줬다. 건강한 습관 들이기, 기초체온 관리, 혼자서도 쉽게 할 수 있는 마사지와 스트레칭을 하라고 나온다.

규칙적인 습관. 열한 시 이전에 잠을 자라고 한다. 일찍 자려면 적어도 열 시에는 잠잘 준비를 해야 한다. 오후 근무를 하는 날은 밤 열한 시쯤 집에 돌아온다. 내 현실에 맞지 않았다. 그림을 보고 따라 하는 마사지하기는 모호했다.

다음은 현재 나의 체온 패턴을 알아야 한다. 체온을 기록하기 위해 수은 체온계를 샀다. 싸서 샀는데 사용하기가 불편했다. 비접촉식으로 샀어야 했다. 출산 준비물에 있을 정도로 필수 물건이다. 어릴 때 다니던 의원에서 사용하던 방식. 입에 물고 있거나 겨드랑이에 끼고 기다려 측정하기. 내가 산 체온계도 그랬다. 잊어버리기 일쑤다. 집에 들어와 쉬기 바빴다. 일하고 온 보상으로 몸은 소파와 한 몸이 되었다. 텔레비전 리모컨과 함께. 호르몬에 따른 체온 변화는 더 이상 확인할 수 없었다. 그나마 스트레칭은 할 수 있었지만 오래가지 않았다.

스트레스 관리하기. 여성호르몬은 스트레스에 약하다고 한다. 수치로 나타낸다면 어느 정도일까?

내 일터는 공항이었다. 면세점에서 물건을 팔았는데 판매만큼 창고 관리도 중요하다. 면세품이라 관세법에 따라 철저히 재고 파악을 해야 한다. 일주일에 한 번 판매할 물건이 들어온다. 장갑과 테이프, 칼, 서류를 챙겨 창고로 내려갔다. 입고된 수량 확인은 물론 찾기 쉽게 정리해야 한다. 내려가 보니 엉뚱한 곳에 상자들이 탑처럼 쌓여있었다. 담당 물류 직원은 말도 없이 그냥 놓고 가버렸다. 카트가 없으니 하나씩 옮겨야 했다. 스무 상자가 넘는데 혼자 하려니 기가 막힌다. 퍽퍽 발로 밀었다. 내 키를 훌쩍 넘는 상자가 우당탕 무너졌다. 입에서 불을 뿜듯 괴성이 나왔다. 동료들이 지나가는 줄도 몰랐다. 세상 일 혼자 다 하듯 이맛살을 찌푸리며 씩씩댔다. 기분은 나아지지 않고 삐죽삐죽 성난 가시가 되었다. 담당 직원과 통화했지만 다음 주에도 달라지지 않았다. 이 상태가 매주 반복되었다.

매출이 좋은 날은 어깨가 펴진다. 반면에 그렇지 않은 날은 발걸음이 무겁다. 매출에 따라 기분이 달라지는 날이 많았다. 옆에 매장이 바뀌었다. 새로운 직원이 들어오니 신경이 쓰였다. 합의 없이 신발을 진열해 놓는다. 손님이 없어 매출이 저조한데 내가 판매하는 상품들이 가려지니 따질 수밖에. 굴러들어온 돌이 박힌 돌 빼듯 오히려 큰소리친다. 그러자 가슴속에서 부글부글 끓어올랐다. 한바탕 말싸움이 벌어졌다. 열 살 더 많은 사람이었지만 대접하고 싶지 않았다. 그 후 대화는커녕 눈인사도 하지 않았다. 무엇 때문에 일하는가. 물음이 생겼다.

아이가 생기지 않는 이유를 외부에서 찾았다. 누구누구 때문에, 일 때문에, 나는 피해자라고 여기며 숨고 싶었다. 난임을 인정하지 않았다. 자존심 상해하며 입 밖으로 내지 못했다. 자존감은 내 안에 없었다. 뭔지도 몰랐다. 남이 나를 알아주기만 바랐다. 자신을 사랑하지도 돌보지도 않았다. 공감과 격려를 외부로부터 받으려고만 했다. 화가 나도 속으로 삭였다. 다 그렇게 사는 거라고. 마냥 참다 폭발했다. 잔해들이 나에게 쌓여 갔다.

이제야 난임으로 힘들었던 나를 위로한다. 누구의 탓이 아니다. 때가 아직 오지 않았을 뿐이다. 걱정하지도 말고, 자책하지 않아도 괜찮다. 나부터 챙기자. 잘 살았고 수고했다. 그리고 현재에 집중하고 지금 실컷 놀아두어라. 감사하는 마음도 잊지 말고. 불행한 일만 있지 않다. 좋은 일도 있으니 행복해지는 연습해 두어라.

3

난임 병원 가다

산부인과에 가는 날이다. 2015년, 집과 가까운 곳에 여성 병원이 생겼다. 한 산모가 아이를 달랜다. 두 돌이 넘어 보이는 아이는 호기심이 많아 한창 돌아다닐 시기다. 코로나19로 인해 보호자는 함께 있을 수 없었다. 두어 달 후 출산 예정인 산모. 첫째 아이 따라다니기 버거운 듯 의자에 앉아 눈으로만 아이를 지켜본다. 아이 모습을 보다 보니 기다리는 한 시간이 금방 지나갔다. 내 차례다. 흑백 모니터. 혹도 없고 문제가 없단다. 내 눈에는 그저 검정 모니터일 뿐 뭐가 뭔지 모르겠다. 자궁경부암 검사도 마쳤다. 마흔 중반이 되니 자궁 건강에 신경이 쓰인다. 의심되는 증상이 있으면 검사를 해야 한다. 그런 나이가 되었다. 다행히도 문제는 없었다. 아이 낳을 계획이 없으면 시술하는 게 도움이 된다고 했다. 난임으로 걱정하던 내가 이제 폐경을 준비하는 나이가 되어간다.

부모가 되는 자격. 과연 있다면 그릇이 작아서 되지 못했나 보다. 개인주의, 혼자가 좋았다. 친정엄마와 정반대다. 결혼해서 자녀들을 다 키운 분들이 조언해 준다. 하나는 낳아야 한다고. 지금이나 좋지. 나중에는 후회한다고. 설교를 들어야 했다. 하지만 나는 낳지 않는 게 아니다. 말하지 않으니 오해한다.

아이가 생기지 않아 걱정하는 분을 종종 만난다. 점을 보러 가는 사람도 있었다. 나는 이러쿵저러쿵 불만을 담고 살았다. 마음 그릇을 키우는 노력이 필요했다.

자궁 건강이 중요한 만큼 마음 건강도 중요하다. 난임센터에서 확인할 수 없는 심리 상태 관리는 스스로 해야 한다. 얼마 전 아이를 가지고 싶어 병원에 다니는 분을 만났다. 나이 들어 한 결혼이라 임신하기 위해 병원에 다녔다고 한다. 3년째 난임센터에 다니다가 지금은 쉬는 중이라고. 이야기를 들어보니 나와 비슷했다.

"저도 그랬는데, 결혼 5년 차에 출산했어요."

10년이 걸려 부모가 된 사람. 그에 비하면 행운이다. 하지만 기약 없는 기다림은 한 달, 한 달 애가 탄다. 누구보다 그 마음을 알기에 더욱 응원해 주고 싶다. 연예인 중에도 난임을 극복한 부부가 있다. 같은 경험하는 부부에게 희망이 되었다.

병원에 가기 싫은 건 아이나 어른이나 마찬가지다. 특히 산부인과에 가기 껄끄러웠다. 혹시라도 무슨 문제가 있을지 무섭기도 했다. 홍대에 있는 산부인과에 예약했다. 동네에 산부인과도 없거니와 홍대가 퇴근 후 들리기 편했다. 기다리는 사람은 모두 여자뿐이다. 조용하다. 적막을 깨고 커플이 들어왔다. 20대. 여자는 딱 달라붙는 하얀 바지에 짧은 티를 입어 몸매가 훤히 드러난다. 하이힐을 신어 다리가 더 길어 보인다. 남자도 키가 훤칠하다. 청바지에 셔츠를 입었다. 꾸민 듯 아닌 듯. 젊음을 과시한다. 혼전 임신 문제로 방문한 모양이다. "네? 안된다고요?" 당당하고 큰 목소리를 남긴 채 나가버린다.

내 차례다. 진료를 보니 배란은 정상적으로 잘 되고 있었다. 혹시 다른 문제가 생겼는지 전문 병원에 가기로 했다.

자궁에 문제가 있는지 검사가 필요하다. 난임 병원은 집에서 대중교통으로 30분 이내에 갈 수 있는 곳이 없었다. 게다가 난임을 전문으로 하는 산부인과는 많지 않았다. 저출산 시대. 분만이 가능한 산부인과가 점점 줄어드는 것을 실감했다. 또 인터넷 검색한다. 스마트폰은 뭐든지 알려줬다. '주안'이 가볼 만한 거리다. 대중교통을 이용하면 한 시간 넘게 걸리지만 차로 30분 걸린다. 인천에서는 유명하다고 한다. 장롱 면허라 남편과 같이 가야 했다. 주말에는 사람이 더 많아 평일 늦게 출근하는 날로 예약을 잡았다. 가보니 토요일도 아닌데 사람이 붐볐다.

임산부만 가는 곳이 아니었다. 미혼이어도 부인과 치료를 받을 수 있다. 결혼 전에 산전 검사를 해야 한다. 산전 검사는 임신을 준비하며 알았다. 임신과 출산에 대해 아무것도 몰랐다.

난임센터를 따로 운영한다. 접수하고 기다리는 사람들을 보니 흰머리가 제법 보이는 사람도 있었다. 내 차례다. 병원에서 주는 치마를 입고 일명 '굴욕 의자'라 불리는 의자에 앉았다. 초음파로 겉으로 보이지 않는 자궁을 검사한다. 흑백 모니터를 보며 특이 사항은 없다고 한다. 내 눈에는 검정과 회색만 보였다. 아무튼 의사 말로는 별다른 점은 없다고 한다. 배란 주기, 난포 터트리는 주사를 맞았다. 약도 처방해 주었다. 과배란 약이다. 주사 맞기 전, 쌍둥이를 낳아도 괜찮냐고 물었다. 생각해 보지 못한 질문에 괜찮다고 했다.

월경 날이 다가오면 임신테스트기를 사용할까 말까, 고민한다. 한번 쓰면 버려지는 물건. 하루 더 기다릴까? 그러다가 예정일이 며칠 지나면 임신테스트기를 사용할 때다. 준비하는 마음이 무색하게 결과는 바로 나온다. 매번 한 줄이다. 집에서도 임신 여부 검사를 할 수 있다니 편한 세상이다. 초조해할 틈도 없다. 한번 쓰고 버리려니 아깝고 눈물도 아까웠다.

조영술을 하는 날이다. 나팔관이 잘 뚫려 있나 확인해야 한 단다. 살면서 한 번도 생각해 보지 못한 검사다. 막혀 있다면 자연 임신이 어려울 수 있다고. 가운을 걸쳤다. 아랫도리는 벌 거벗어야 한다. 촬영실로 들어갔다. 커다란 철판. 실험실에서나 볼 수 있는 크기이다. 누우니 차가웠다. 오만가지 생각이 든다. 나와서 시계를 보니 삼십 분도 걸리지 않았다. 검사 결과 나팔 관은 잘 뚫려 있었다.

다음으로 할 방법은 집에서 스스로 배에 주사를 놓는 거다. 설명을 듣고 왔지만 자신 없다. 몇 번을 주사기 들고 망설였다. 남편에게 시키니 고개를 젓는다. 혹시나 하는 마음에 동네 내 과에 전화했다. 주사만 맞을 수 있을 줄 알았다. 의사의 소견 서가 필요했다. 당분간 그만두기로 마음먹었다. 몸에 이상이 없 으니 일단 멈췄다.

십 년 전과 다른 점은 난임 정보가 많아졌다. 그만큼 난임 부부가 많아졌다는 증거인지도 모른다. 블로그에 떳떳하게 난임 기록을 공유한다. 일기처럼 쓴 내용이 공감을 불러일으킨다.

'나도 그랬지.'

내 몸 상태를 정확히 알기 위해 검사는 해야 한다. 치료가 가능하다면 얼마나 감사한 일인가. 원인을 알면 쉽다. 혼자 끙끙대면 모른다. 내 몸이 어떤지 알아채지 못한다. 두려움 때문에 묻어 둔다면 앞으로 나아갈 수 없다. 검사를 하고 나니 시원하다. 나팔관에 문제가 없어서 다행이다. 유산 경험 없어 감사하다. 물혹도 없다. 눈으로 확인할 수 있는 것들은 모두 정상이다. 돈으로 살 수 없는 건강을 확인할 수 있었다. 아무 탈이 없으니 이 또한 축복이 아닌가.

4
. . . . .

스트레스가 원인인가?

드르륵, 드르륵. 인천공항이다. 속도를 줄이며 여객터미널로 진입한다. 북적이는 모습은 온데간데없다. 출국객을 열 손가락으로 셀 수 있을 정도다. 코로나19 여파다. 사람에 치여 싫었는데 사람이 그리워진다. 아쉬움도 있다. 좀 더 신나게 일하러 다닐걸. 점심시간 오 분 더 쉬겠다고 종종거리던 내 모습이 떠오른다. 퇴근 시간 몇 분 빨리 가겠다고 달려간다. 서둘러 가봐도 셔틀버스가 출발해야 집에 가는데 말이다.

막연히 디자이너가 꿈이었다. 서른이 되면 디자인 실장이 되어있을 줄 알았다. 막내 디자이너는 발 빠르게 돌아다니는

무작정 육아

게 주 업무다. 아침마다 동대문 의류 부자재 시장을 누비며 다녔다. 막상 일해 보니 생각 같지 않다. 그동안 모은 돈을 들고 일본 어학연수를 떠났다. 미래에 대한 계획 없이 무작정 추진했다. 일 년 후. 한국으로 돌아오니 처음부터 시작이다. 잡코리아에 들어가 일자리 찾는 게 일과다. 나이가 걸림돌이 되었다. 1년 4개월 동안 학원에 다니거나 아르바이트하며 보냈다. 2008년 여름. 인천공항 탑승동에 면세점이 오픈했다. 이력서를 내고 면접을 봤다. 일사천리로 재취업에 성공했다. 바로 출근해야 한다. 디자이너로 일할 때와 비교해 보니 연봉이 터무니없다. 집에서 노는 거보다 낫다며 위안 삼았다. 근무 여건은 좋은 곳이다. 겉보기에 멋지다. 깨끗하고 덥지도 않고 춥지도 않은 출근할 맛 나는 일터다. 처음에는 그랬다. 아무나 들어갈 수 없는 출국장. 특별한 사람이 된 기분이었다. 적응하고 나니 처음 일할 때 마음은 점점 사라졌다.

사람에 치였다. 어떤 직원은 만삭인데도 종일 서 있었다. 규정이기 때문이란다. 매출에 일희일비하게 된다. 매출표가 성적표라 좋으면 어깨가 자연스럽게 펴졌다. 매출에 따라 밥맛도 달랐다. 같은 공간에 여러 매장이 있으니 종종 싸움이 일어난다. 마흔 훌쩍 넘은 어른이라도 손님을 뺏기면 그냥 넘어가지 않는다. 서로를 향한 삿대질이 고요한 시간을 깨뜨렸다. 다들 사장님 같다. 손님 하나라도 놓치지 않으려 열심이다. 스트레스는 어떻게 푸는 걸까. 술을 좋아하면 술로 풀고, 춤추는 것을 좋아하면 춤으로 푼다. 나는 소소하게 쇼핑하기를 즐겼다. 화장품, 옷. 가끔은 귀여운 스티커나 펜만으로도 만족했다. 다 털어내지 못한 스트레스가 차곡차곡 쌓여가고 있는 줄 모르고 있었다. 쉬는 날은 친구들과 놀러 다니며 시간을 보냈다. 결혼 후도 마찬가지다. 시간이 자유로웠다. 오로지 소비하는 데만 썼다. 혼자 있는 시간, 좋은 줄 몰랐다. 스트레스 해소, 했어야만 했다. 그냥 괜찮은 줄 알았다. 겉으로는 아무렇지 않았으니.

느끼지 못한 사이에 스트레스는 스며든다. 강력본드 같다. 붙어서 절대 떨어지려 하지 않는다. 화를 내봐도 소용없고 소리를 질러도 마찬가지다. 머리가 쭈뼛하고 허벅지, 종아리는 물론 발끝까지 저린다. 퇴근 후 매일 발과 다리를 주물러도 그때뿐이다. 쿠션과 한 몸이 되어 텔레비전을 보며 하루를 마무리했다. 매일 조금씩 독이 쌓여 가는 것을 알아채지 못했다. 담아내지 못한다면 비우는 게 상책이거늘. 복리처럼 불어나 몇 년 후 화가 되어 돌아왔다.

회사에서 매년 1박 2일 워크숍을 간다. 2014년 1월. 스키장에 모였다. 첫째 날은 보드를 탄다. 저녁에는 이런저런 얘기를 나누며 술을 마신다. 다음날은 워터파크에 간다. 매년 같은 일정이다. 일하는 것도 아니고 노는 것도 아니다. 어쨌든 워크숍, 일의 연장선이다. 스노보드를 타고나면 근육통이 생긴다. 이튿날 워터파크에 가는 이유는 전날 뭉친 근육을 풀기 위해서다. 그냥 쉬고 싶었다. 같은 마음이었을까? 나를 포함해 네 명이 개인행동을 하다 호되게 혼이 났다. 평소 상사 말을 어기지 않았으며 시키는 일도 잘했다. 그야말로 말 잘 듣는 '착한 직원'이었다. 그날을 떠올려 보면 내가 미쳤었나 보다. 이성을 잃고 마음대로 행동했다. 오만가지 생각이 머릿속을 뱅뱅 돌았다. 동료, 후배들의 시선. 창피했다. 나잇값도 못 한다는 비난이 들리는 듯했다. 눈에 구멍이 난 듯 눈물이 터졌다. 울어도 울어도 멈추지 않았다. 몇 시간이 걸렸는지 알 수 없다. 가슴속 깊이 있던 찌꺼기까지 쏟아내고서야 멈췄다. 시린 마음이 점점 사그라들었다. 난생처음 카타르시스를 느꼈다. 그동안 쌓인 감정을 쏟아내는 계기였다.

2014년 2월. 동계 올림픽이 시작했다. 김연아 선수의 마지막 현역 무대이다. 쇼트 프로그램을 보니 뭉클하다. '어릿광대를 보내주오.' 과연 여왕이다. 금메달을 따지 못해 한동안 말이 많았지만 아름다운 무대였다. 역시 김연아는 김연아다. 갈라쇼도 여왕다웠다. 금메달을 목에 건 선수가 등장. 비주얼부터 범

상치가 않다. 형광 깃발을 휘두르고 패대기친다. 개그 프로가 따로 없다. 마음껏 웃었다. 배꼽을 부여잡지 않을 수가 없었다. 눈물까지 흘렸다. 덕분에 생기가 돌아왔다. 동기부여를 받고 싶은 날은 김연아 선수의 영상을 본다. 우울한 날은 형광 깃발을 보며 기분 전환을 한다. 힘들어도 열심히 살고 싶다면 2014년 동계 올림픽. 피겨 영상이 좋다. 김연아 선수의 명언이다.

"그냥 하는 거지. 무슨 생각을 해."

돌아보니 임신이 되지 않아서 다행이었다. 애타게 기다려도 오지 않는 이유. 아이가 살아도 될 편안한 마음이 없었다. 아이가 생기지 않아 걱정인 게 아니다. 걱정으로 가득해서 아기가 찾아오지 못한 것이다. 원인의 반이 마음에 있었다. 여유가 있었으면 좋았을 텐데. 나를 돌보는 일은 중요하지만 소홀했다.

나만의 비법이 하나쯤은 있어야 하지 않을까. 요즘은 도서관에 간다. 마음에 일었던 파문이 잦아든다. 뜻밖의 책을 만나기도 한다. 웃어보는 것도 좋다. 억지로라도 웃기 위해 코미디 프로를 본다. 드라마는 시간을 보내기 좋다. 생각이 필요 없다. 여행 프로그램. '걸어서 세계여행', '꽃보다 시리즈'. 시간, 돈이 없어 직접 가지 못해도 대리 만족할 수 있다. '걸어서 세계여행' BGM만 들어도 설렌다.

친정집에는 종일 TV를 켜둔다. 주말 예능 오랜만이다. 전 야구선수 김병현. 애리조나 홈구장에 방문했다. 2001년 전성기를 누리며 우승 반지까지 획득할 만큼 마무리 투수로 맹활약을 펼쳤다. 부러진 배트에 맞아 부상을 겪으며 평범한 선수가 되어버렸다고 한다. 홈 경기장을 밟으며 회상하던 중 눈물이 터지고 말았다. 인터뷰에서 그는 말했다.

"나에게 미안한 마음이 있었다."

눈물을 뚝뚝 흘리며 자신을 돌보지 못했던 과거를 보듬어주었다.

'들장미 소녀 캔디'는 외로워도 슬퍼도 울지 않는다. 울면 바보라고 한다. 하지만 나는 종종 운다. 눈물로 다 쏟아낸다. 몸이 가벼워지니까. 속에 쌓아놓은 게 많을수록 빨리 멈추지 않는다. 감정 쓰레기가 눈물과 함께 빠져나가 후련해진다. 김병헌 선수는 울고 난 후 얼굴이 평화로워졌다. 아이는 감정을 숨기지 않고 드러낸다. 길에서도 화가 나거나 슬프면 '으앙' 하며 크게 울어버린다. 어른도 가끔 펑펑 울어야 한다. 마음에 화가 머무르지 않게.

5

엄마가 꼭 되어야만 하나

겨울이 가고 봄이 온다. 싹을 틔우고 꽃을 피운다. 때가 되면 꽃이 지고 열매를 맺는다. 사람도 태어나 자란다. 학교에 다니며 공부하고 일자리를 찾는다. 결혼해서 가정을 이루고 살거나 아니면 혼자 살기도 한다. 자녀를 하나, 둘 낳고 사는가 하면 부부 둘만 살기도 한다. 나무가 각기 다른 꽃을 피우고 열매를 맺듯이 사람도 마찬가지다. 나는 어떤 꽃을 피우며 열매를 맺을 것인가.

태어나면서 가지고 나오는 기질이 있다. 모두 다르다. 비슷할 수는 있어도 같은 사람은 없다. 나는 내 기질을 아는가? 그렇지 않다. 나이 먹으며 변하기도 한다. 사십 년을 넘게 살아도 나에 대해 잘 모른다. 마흔이 넘어 나를 만나며 알아가고 있다. 내가 원하는 일이 뭔지 적어본다.

돈은 왜 버는 거지? 나이가 들어도 하고 싶은 게 뭐지? 쉬는 날은 무엇을 하며 쉬는 게 좋아? 무언가 배우고 싶은 욕구는 왜 계속 생기는 걸까?

서른이 넘어가면서 친구들이 하나둘씩 결혼했다. 날이 좋은 봄과 가을. 인천공항에도 신혼여행 가는 부부들로 북적거린다. 선물을 사기 위해서다. 봄, 가을 혼인 시즌이 되면 매출이 오른다. 신혼부부 덕분이다. 같은 날 결혼식을 올리고 신부 화장을 한 채 신혼여행을 간다. 시간이 없어 지우지 못한 화장. 올린 머리가 그대로다. 티셔츠에 청바지를 입고 운동화도 커플로 맞춰 신었다. 한 커플이 귀여운 곰돌이가 그려진 커플티를 입고 지나간다. 반대쪽에서도 똑같은 커플티를 입고 탑승 게이트로 향한다. 긴 속눈썹을 붙인 채 여기저기서 선물을 고르느라 바쁘다. 영혼 없이 신용카드와 여권을 내민다. 숨 돌릴 틈도 없이 비행기를 타러 간다. 발리, 세부, 코타키나발루. 휴양지로 떠난다. 축복받아 마땅한 날, 시간에 떠밀린다. 세상에서 가장 행복해야 하지만 얼굴에 웃음이 없다. 여유도 없다. 새벽 네 시

시작해 밤이 되어도 끝나지 않는 하루. 비슷한 모습으로 비슷한 여행을 다녀온다. 나는 다른 모습으로 신혼여행을 가야겠다고 다짐했다.

나만의 웨딩드레스를 만들 수 있을까? 검색해 보니 드레스 만드는 공방이 강남에 있다. 스마트폰이 없던 때지만 인터넷으로 뭐든지 찾을 수 있다. 마음에 드는 드레스 사진을 수집했다. 내가 원하는 디자인이 추려진다. 한창 유행이던 한가인 스타일. 밑단이 넓게 퍼지는 종 모양의 디자인이다. 치마가 강조되어 아담한 체형이 커버된다. 상의는 단순한 디자인이다. 크리스털 비즈를 달아 조명에 반짝이게 했다. 일이 일찍 끝나는 날 공방에 간다. 공방 운영하는 언니에게 진행을 검사받는다. 비즈 작업은 시간이 꽤 걸린다. 흰색 레이스 장갑에는 내가 비즈를 달았다. 그 외 드레스와 베일, 친정엄마의 작품이다. 밤이 되면 엄마의 작업 시간이다. 에어컨 없이 선풍기 하나가 전부다. 한 땀 한 땀 바느질하기 사납다. 퇴근하고 돌아와 보니 엄마가 이마에 흰 수건을 두르고 비즈를 달고 있었다. 땀이 눈으로 들어가서 그랬다고. 내가 설명하지 않아도 알아서 척척 한다. 큰 윤곽만 내 손으로 했을 뿐 세밀한 부분은 친정엄마의 작품이다. 값을 매길 수 없는 웨딩드레스가 되었다.

완성된 드레스를 입었다. 남편 선배의 스튜디오에서 촬영을 거의 마칠 때쯤 친구가 하나, 둘 도착했다. 시간을 내어준 내 친구들. 블랙으로 맞춰 입고 마지막 사진을 찍었다. 나를 통해 연결된 사람들. 수연이. 연진이. 윤성이. 윤아. 한눈에 담았다. 결혼 선물로 받은 촬영 덕분에 친구들을 초대할 수 있었고 함께 식사하는 시간을 누렸다.

9월 17일. 예식 시간은 오후 네 시. 애매한 시간이다. 보통 선호하지 않지만 나는 좋다. 다음날 여행 가는 일정이라 굳이 한낮에 할 필요가 없다. 마지막 예식은 시간이 넉넉하다. 폐백을 하지 않아 예복으로 갈아입고 여유도 부릴 수 있었다. 비행기 탈 시간에 쫓기지 않는다.

오전 열 시 집에서 출발해 화장과 머리를 했다. 점심이 훌쩍 넘어 약현 성당에 도착했다. 예식을 마치고 정리하니 오후 여섯 시가 되어간다. 하객들이 빠진 식당, 저녁이 차려져 있었다. 종일 굶었지만 잘 넘어가지 않는다. 인사하느라 바쁜 부모님들. 나보다도 주인공인 듯하다.

17일, 서울은 여름처럼 뜨거웠다. 18일, 홋카이도는 쌀쌀했다. 여행은 둘째치고 걸칠 옷부터 사러 다녔다. 서울과 비슷해 새롭지 않았지만 복잡하지 않고 여유로웠다. 신혼여행답지 않은 3박 4일. 유럽, 하와이는 다음으로 미뤄 두었다.

친구를 만났다. 나이와 국적이 다른 친구. 딸 하나를 키우는 워킹맘이다. 가끔 안부를 전한다. 가족사진을 보여 주며 나보고 아이를 낳으란다. 내가 일부러 낳지 않는 줄 아는 모양이다. 한국 친구와 다르게 자신의 의견을 이야기해 주었다. 아이가 있어 좋은 점이 줄줄 흘러나왔다. 나는 고개만 끄덕였다. 부모가 된 사람들은 국적 불문하고 전하는 메시지가 있다. 아이로 인해 얻는 행복과 기쁨은 세상 어느 것과도 비교할 수 없다고.

각기 다른 인생을 산다. 누군가는 이른 나이에 취업하고 누군가는 늦게까지 학업을 이어간다. 결혼하는 사람도 있고 하지 않는 사람도 있다. 아이를 여러 명 출산하는가 하면 하나 또는 낳지 않기도 한다. 나와 생각이 다른 사람을 만나면 이상한 시선으로 바라본다.

'왜 취업 안 해? 왜 연애 안 해? 왜 결혼 안 해? 왜 아이 낳지 않는 거야?'

그리고 나는 남의 시선을 의식한다.

'취업 못 하면 능력이 없다고 생각할 거 같아. 연애를 안 하면 성격이 이상하다고 여기겠지. 나이도 찼는데 결혼하라고 하겠지. 결혼하면 당연히 아이를 낳아야 한다고 말하겠지.'

당연하다는 것이 무겁게 느껴졌다. 취업이 쉽지 않았으며 결혼도 쉽지 않았다. 하지만 엄마가 된다는 것. 세상에서 가장 어려운 일이었다.

　특이하다는 말을 가끔 듣는다. 언젠가부터 특별히 이상하다는 말로 느껴졌다. 색다른 건 좋지만 튀는 건 싫다. 사람들 눈을 의식하는 고질병이 사라지지 않았다. 남을 의식해 자신을 돌보지 못했다. 다른 사람 이야기에 귀를 기울일수록 자존감은 바닥으로 향했다. 그럴수록 객관적으로 보지 못한다. 위축되고 예민했다. 지칠 대로 지친 나에게 하고 싶은 말. '세상일이 마음먹기에 달렸다. 엄마가 꼭 되어야만 하는 건 아니다. 아이가 없어도 괜찮다.'라고 말해 주고 싶다. '다르다'라는 말은 '특별하다'라는 말이기도 하다. 긍정 언어를 들려준다. 요즘은 우울해지면 원인이 무엇인지 알기 위해 마구 쏟아낸다. 내 말을 가만히 들어준다. 그러다 보면 좋은 점도 툭툭 튀어나온다. 가장 중요한 일은 내 마음 알아주기였다. 이제는 누군가에게 위로받기보다는 내가 나를 토닥인다.

6
.....

마지막 한의원

'이번 판만 깨고 그만해야지.' 하트를 다 썼다. 한동안 '애니 팡'에 빠져 헤어 나오지 못했다. 배터리가 금방 소모되니 충전을 꽂고 쭈그리고 앉는다. 한 시간이 넘도록 같은 자세로 게임을 하고 있었다. 스마트폰을 손에서 놓지 않았다. 화장실에 갈 때도 가지고 갈 정도다. 스마트폰은 게임기이자 심심함을 달래주는 손안의 컴퓨터다. 스마트폰이 있어 뭐든 손쉽게 찾아본다. TV를 보며 궁금한 게 있으면 바로 찾아보곤 했다.

상술에 넘어가기 일쑤다. 홈쇼핑을 보면 그냥 지나칠 수가 없다. 스마트폰이 생긴 이후로는 결재가 더 쉬워졌다. 상담원과 연결할 필요도 없이 금방 완료다. 산 물건들은 막상 써보면 나에게

무작정 육아

맞지 않거나 양이 많아서 소비하기 전에 유통기한이 넘어가기도 했다. 결혼 전에 사둔 세탁 세제. 이 년이 지나서야 다 썼다. 집들이 온 친구에게 오히려 내가 세제를 선물로 줬다. 복근 만들기가 유행이다. 나도 이효리 같은 십 일자 복근을 가질 수 있을까? 기대하며 기다린다. 택배가 도착했다. 기대에 부풀어 설명서도 읽지 않고 착용해 봤다. 복대처럼 허리에 차고 있으면 나도 비키니를 입을 수 있다. 멋진 근육을 상상한다. 처음에는 신기했다. 한 번, 두 번 사용하고 상자 속에 도로 넣었다. 복근은 그렇게 쉽게 만들어지는 게 아니었다. 다음에는 넘어가지 않으리라 다짐했다. 얼마 후 혹시나 하는 마음으로 스마트폰을 든다. '이건 진짜 괜찮아 보이는데!' 건강식품도 하나, 둘 쌓여갔다.

누구는 더운 여름이 되기 전에 아이를 낳기 위해 계획 임신을 한다. 그런 일이 가능하다니 하느님이 따로 없다. 한여름, 한겨울도 좋으니까 아이 생기길 바랐다. 평범한 부모가 되는 일이 나에게는 특별한 일이었다.

2014년 12월. 연말 더 초조해진다. 다시 난임 병원에 가자니 머리가 복잡하다. 배란 주사를 맞고 약 먹으려니 앞이 캄캄하다. 그렇게 해서 아이를 낳을 수 있다는 보장도 없다. 시도도 하지 못한 인공 수정, 시험관 아기. 다른 방법은 없을까? 소파에 앉아 스마트폰을 들었다. 찾고 찾다 보니 하나가 눈에 띈다. 또 한의원이다. 혹시나 하는 마음으로 전화했다. 부천 상동. 지하철을 타면 50분 정도 걸린다. 주말은 한 달에 한두 번 쉴 수 있다. 달력부터 확인했다. 서둘러 진료 예약을 잡았다. 2015년이 한 달도 남지 않았다. 새해 1월 23일이 지나면 만 36세다.

남편이 운전하는 차를 타니 삼십 분 걸렸다. 진맥만 짚고 한약을 지으면 끝난다고 생각했다. 예상과는 다르게 검사는 여러 가지로 진행되었다. 매년 하는 건강검진과는 전혀 다르다. 난생처음이다. 검지를 기계에 꽂는 자율신경계 검사. 한참을 멍하니 있자니 졸리다. 이런 검사가 과연 임신과 무슨 상관이 있나 싶었다. 남편도 똑같은 검사를 진행했다. 결과를 들으러 진료실로 들어갔다. 둥글둥글 인상 좋으신 원장님이 반긴다. 남편의 검사 결과는 좋았다. 멀쩡하단다. 한약을 먹지 않아도 된다. 보통은 부부가 같이 먹는 게 좋다고 권유하는데 의외였다. 문제는 나다. 정신 상태가 정상이 아니다. 겉으로 보기에는 멀쩡해 보이는데 놀라웠다. 스트레스로 자율신경계에 이상이 생기면 우울증 외에도 다양한 질병이 생길 수 있단다.
　아! 그래서 화가 자주 났구나.
　아! 내가 괜히 그런 게 아니었구나. 눈으로 보이지 않았지만

　　　　　　　　　　　　　　무작정 육아

힘들었구나.

원장님이 들려주는 이야기를 듣고 객관적으로 나를 봤다. 검사 수치는 나를 질책하거나 비판하는 게 아니라 현재의 상태를 나타내주는 것뿐이었다. 다른 눈으로 나를 바라본다. 아이가 생기지 않아 성격이 이상해졌다는 말을 들을까 봐. 히스테리 부린다는 말을 들을까 봐 아무렇지 않은 척했다. '자존심 상해!'라고 생각했다. 자존심 문제가 아니라 자존감이 바닥이었다. 검사 결과를 듣는데 켜켜이 쌓인 마음의 담이 허물어졌다. 시야가 밝아졌다. 가슴이 뜨거워졌다. 막막하고 캄캄한 곳에서 빛을 만났다. 미간의 주름까지 펴지는 기분이 들었다.

만 나이 35세. 1월생이라 괜찮다. 아직 노산이 아니다. 위로해 줬다. 원장님의 미소에는 진심이 담겨 보였다. 내 눈에만 보이는 걸까? 아우라가 느껴졌다. 알아듣기 어려운 전문 용어 백 마디 말보다 낫다.

코디네이터와 앞으로 하게 될 진료를 상담했다. 다음 일정은 일주일에 한 번 내원해 침도 맞고 뜸도 뜬다고 한다. 한약 복용과 함께 석 달 동안 진행한다고. 시간과 돈, 정성까지 커다란 마음을 먹었다. 녹용이 들어간 한약값은 제법 했다. 나만 먹으면 되니 다행이다. 시원하게 카드를 긁었다. 매주 한 번 세 시간을 내야 하지만 난임 병원에 가는 것보다는 나았다. 무엇보다도 몸이 움츠러드는 의자에 앉지 않아도 된다. 게다가 대중교통을 이용해서 다녀올 수 있었다.

혼자 지하철을 타고 한의원에 갔다. 한 시간 걸려 상동역에 도착했다. 예약한 상태라 이름만 말하면 된다. 침대가 있는 곳에 누웠다. 곧 원장님이 인사를 건넨다. 주사 대신 침. 한 대가 아니라 여러 대를 배에 놓았다. 주사 한 대도 싫은데 말이다. 아플지도 모른다는 생각에 잔뜩 긴장했다. 놓고 보니 별거 아니었다. 전혀 아프지 않다. 뜸. 뜨겁지 않을까? 불에 데는 건 않을까? 걱정도 잠시 편안하게 누워있었다. 침대에 누워 배에 침을 맞고 뜸을 뜨고 있으니 솔솔 졸음이 온다. 잠시 쉬었다 가는 기분으로 다녔다.

나의 상태를 객관적으로 보고 진단하는 일은 혼자 하기 힘들다. 도움이 필요하다. 인터넷 검색 광고가 아니라 진짜 나에게 맞는 곳을 찾아야 한다. 좋다고 소문난 곳이라도 나에게는 해당이 되지 않을 수도 있다. 신체적, 정신적으로 약해진 마음을 먼저 돌보는 여유를 가져야만 한다. 멘토의 이야기를 듣는 것도 좋다. 하지만 배배 꼬여있다면 어떤 말도 들리지 않는다. 나도 그랬다. 꼭 아이가 없어도 된다. 부부가 둘이 재밌게 살아도 얼마나 좋은가. 너무 애쓰지 마라. 메시지가 들어올 마음 공간이 없었다.

무작정 육아

도서관에 반납하러 들렀다. 처음 보는 버스가 주차한다. '정신 건강 증진 센터' 상담해 주는 이동 서비스다. 코로나19 이후 우울증 극복을 위한 한 가지다. 테스트 후 우울증을 상담해 준다. 혼자 어쩌지 못하는 사람이라면 받아보는 게 좋다. 누군가에게 말하는 것만으로도 나아진다. 처음에는 선뜻 나서기 쉽지 않다. 얼어붙은 마음을 깨는 데 시간이 걸리기 마련이다. 털어놓기만 해도 가벼워졌다.

사는 게 바쁘다며 눈에 보이지 않는 마음은 방치하기 쉽다. 우울증, 쌓아두기 전에 먼저 돌봐야 한다. 말로는 쉬우나 행동이 어렵다. 긍정적으로 생활하기. 규칙적으로 운동하기. 정신 건강 전문가와 상담하기. 검색하면 나오는 보편적인 방법이다. 상담보다 앞서 나를 알아야 한다. 지금 느끼는 감정이 무엇인지. 그저 하루 기분이 나쁜 것인지. 종종 힘들게 하는 감정인지. 겪고 있는 나 자신이 어떤 상태인가를 인지해야 한다. 나에 대해 알지 못하는 한 바꿀 방법이 없다. 내가 달라지는 게 우선이다. 오늘부터 편하게 마음먹자. 다짐은 한 번에 서지 않는다. 한약 먹어도 살이 찌지 않는다. 딱히 건강해지는 느낌도 없다. 한의원에서 상담 후 나에 대해 생각했다. 마음이 바뀌니 특별한 기운이 찾아왔다.

7

퇴사를 결심했다

'그래! 결심했어. 퇴사하는 거야!'

입사하기 힘들다. 하지만 퇴사도 만만치가 않다. 삼십 대 이후, 이직은 생각하지도 않았다. 익숙한 환경이 안전하고 편했다. 이십 대와 달라진 점이 하나 있다. 안정감이 생겼다. 변화하며 성장하기보다 현재를 유지하려 했다. 새로운 일에 적응하기가 두려웠기 때문이다. 신혼 초 만해도 일과 육아를 병행하겠다는 포부를 가지고 있었다. 하지만 나는 왜 이 일을 하는 것인가? 돈을 벌기 위해. 먹고살아야 하니까. 돈이 있어야 생활을 할 수 있으니까. 언제부터인가 아침에 나가 일하고 저녁에 퇴근하는 일상이 공허하게 느껴졌다. '남들도 다 그렇게 사는

데, 어차피 별거 없어.' 내 안의 잡음을 무시하며 살았다. 2015
년 새해. 결단을 내렸다.

"퇴사하겠습니다."

2002년. 월드컵으로 뜨거웠다. 그해 가을 재취업에 성공했
다. 1999년 2월, 디자인과를 졸업하고 이력서 낼 곳이 없었다.
IMF로 어려운 시기라 신입 디자이너 구인 광고는 찾아보기 어
려웠다. 전공도 아닌데 어린이집에 취직했다. 일 년 넘게 아이
들과 함께했다. 보람은 있었지만 내가 원하던 일이 아니다. 아
르바이트하며 디자인 공부를 다시 했다. 2년 9개월 후 디자이
너로 일을 할 수 있었다. 새로운 일을 하니 지옥철도 좋았다.
어른과 일하니 말이 통했다. 행여나 아이들이 다칠까, 신경을
곤두세울 필요도 없었다.

디자이너 무리에 끼고 싶었다. 디자인 수첩을 손에 꼭 들고
다녔다. 삼 년이 지났다. 나의 성장을 위해 이직을 결심했다. 입
이 떨어지지 않는다. 뭐라고 말해야 할지. 결단을 내리니 일이
술술 풀렸다.

사회초년생, 원한다고 취직을 마음대로 할 수 없다. 퇴사도
쉬운 일이 아니다. 인수인계를 잘해야 탈이 없다. 관계도 잘 유
지해야 한다. 거래처가 비슷하니 어디서든 만날 수 있다. 소문

이 잘 못나면 나중에 이직하기 힘들다. 몇 군데 면접을 다녔다. 경력이 없을 때와는 확연히 다르다. 나를 좋게 본 곳에서 연락이 왔다. 일주일 동안 인수인계를 마쳤다. 시원섭섭한 마음이 드는 게 묘했다. 그동안 초보인 나를 도와주셔서 감사했다. 내가 내 삶을 응원하니 도와주는 사람들이 생겨났다.

서른이 되기 전 다른 나라로 여행하는 꿈을 품고 있었다. 무서울 게 없는 이십 대, 돈부터 모았다. 그리고 퇴사 후 일본으로 향했다. 일본에서의 일 년은 꿀맛이었다. 처음 석 달 동안 노는 데에 매진했다. 아르바이트하지 않아서 시간이 많았다. 오전에 수업을 듣고 오후는 친구와 둘이 놀러 다녔다. 레지던트 끝내고 잠깐 일본으로 온 언니였다. 물론 일본에서는 언니라는 호칭을 사용하지는 않았다. 학생비자 없이 삼 개월 어학연수가 가능하다. 석 달 후, 반 친구들 대부분 자기 나라로 돌아갔다. 나는 다른 반으로 배정되었다. 아르바이트도 알아봤다. 교통비가 비싼 편이라 기숙사나 학교 근처에서 일해야 교통비를 아낄 수 있다. 집 근처 카페에 전화를 걸어보니 공부를 더 하고 오라고 한다. 어리숙해 보인 탓이다. 구인 광고를 보고 전화해 봐도 면접을 보러 오라고 하지 않았다. 어디를 가든 구인 광고만 보였다. 매일 다니는 지하철역에 있는 빵집. 붙어있다. 부랴부랴

메모지를 꺼내 전화번호를 적었다. 집으로 돌아와 전화했더니 면접을 보러 오라고 했다. 일본인 룸메이트가 면접에 붙는 팁을 알려줬다. 무슨 말을 먼저 해야 하는지, 이력서는 어떻게 쓰는지. 자기 일도 바쁜 대학교 1학년, 마음씨 착한 룸메이트를 만난 것은 행운이었다.

기숙사에서 만난 인연이 또 있다. 전직이 유럽 여행 전문 가이드이다. 내가 유럽 여행을 간다고 하니 세세한 정보를 알려줬다. 루트를 짜는 요령, 유레일 패스 예약하는 방법 등등. 만나지 못했다면 배낭여행은 흐지부지될 뻔했다. 광화문, 종로 드나들 듯이 전문가인 언니에게는 서유럽이 손바닥처럼 환해 보였다. 로마 구석구석 설명해 줬다. 들어도 잘 모르지만 일단 여행책에 끼워 뒀다. 4월 초에 로마로 들어가는 루트로 정했다. 5월이 되기 전 파리에서 서울로 돌아온다. 길을 정하니 꿈도 선명해졌다.

'어학연수 가기로 결심해서 퇴사하겠습니다.' 그때 당시 나를 좋게 본 이사님은 일본행을 반대하셨다. 인재를 놓치고 싶지 않다고. 아무리 그래도 꼭 가겠다는 내 의지를 꺾지 못했다. 그 결정이 옳았는지는 모르겠지만 후회는 없다. '그때 가볼걸. 해볼걸.' 하는 미련 없이 삶을 누렸다.

이십 대는 원하는 대로 일을 할 수 있었다. 용감했고 의지가 강했다. 자신감과 할 수 있다는 믿음이 있었다. 그럴수록 도와주는 이들도 나타났다.

삼십 대 중반. 자신감도 없고 용기는 희미하다. 이직하기에 부담스러운 나이다. 하지만 물러날 곳이 없었다. 이 시기를 놓치면 영영 아이를 가질 수 없다는 생각이 더 컸다. 일을 그만둔다고 엄마가 된다는 보장은 없다. 하지만 당장 할 수 있는 일은 퇴사뿐이었다.

몇 주 고민만 했다. 혼자 생각하니 답을 정하기 어렵다. 입을 열어 퇴사하겠노라고 마음을 전했다. 본사에 통보하니 더 이상 나의 고민이 아니다. 말하지 않으면 아무도 모른다. 머릿속에 있는 고민 주머니를 넘겼다. 결심하고 넘겨주면 다음은 내가 해결할 일이 아니다. 결단을 내리지 못하고 말하지 못하면 나만 손해다. 거울을 보니 표정도 어둡고 한숨만 나왔다. 바통을 넘기고 나니 생기가 돈다. 경제적으로 여유는 없지만 다른 풍요가 찾아왔다.

2015년 3월. 퇴사 후 여행 계획을 세웠다. 크로아티아. 꿈은 이루어진다. 호화 여행이 아니어도 좋다. 우선 책부터 샀다.

무작정 육아

항공사는 어디로 하는 게 좋은지. 숙박을 어떻게 할지. 영어를 못하니 번역 애플리케이션도 필요했다. 여행은 준비하는 과정이 가장 설렌다. 그곳의 사진을 보며 상상한다. '꽃보다 누나'에서 본 신비로운 플리트비체. 바다와 도시가 아름답게 어우러진 두브로브니크. 별책으로 들어있는 '꽃보다 누나 따라가기'를 보며 열흘간의 일정을 그려본다. 사진만 봐도 이미 여행하는 기분이 들었다. 비행기 표를 사고 나니 꿈에 그리던 여행이 다가왔다.

결단, 어렵다. 무한시간 고민한다 해도 해결되지 않는다. 말해서 남에게 넘겨버리자. 그랬더니 마음속에 평화가 찾아왔다. 나를 도와주는 사람들도 나타난다. 말하면 더 이상 내 고민이 아니다. 조급하고 초조한 나는 사라지고 생기가 돈다. 미래는 모른다. 다만 이십 대와는 다른 여유를 가져보기로 했다.

'일단 조금 쉬자! 걱정은 잠시 내려놓고.'

8

기다림

기다린다는 것은 즐겁기도 하고 기대되기도 한다. 하지만 지루하고 초조할 때도 있다. 무작정 기다리기. 내 인내심이 어느 정도인가?

일본에서 부친 짐이 도착하려면 한 달 정도 걸린다. 알고 기다리는 것은 모르고 기다리는 것과 천지 차이다. 물건이 분실될까 불안해할 필요가 없다. 약속된 때에 오니까 말이다. 내가 예상할 수 있다면 스트레스는 덜하다. 반면 내가 어찌할 수 없는 것이라면 스트레스로 느껴진다.

내 생일잔치는 아직 멀었나?. 버스는 언제 오지? 택배가 내일은 오겠지. 약속 시간 안 지키는 친구는 얼마나 기다려야 하

나. 입사 합격 전화가 올까?

언제, 몇 시에 오는지 안다면 얼마든지 기다릴 수 있다. 기대하며 기다린다. 몇 달 기다려야 한다면 그냥 잊고 지낸다. 때가 되면 기쁜 소식을 들을 수 있다.

유치원을 다닐 때다. 소풍, 견학, 수영장도 간다. 병원 놀이, 시장 놀이도 신났다. 한 달에 한 번 하는 생일잔치. 친구에게 선물을 주고 맛있는 음식도 먹는 날이다. 내 생일은 여름이 가고 가을이 되어도 오지 않았다. 도저히 기다릴 수 없었다. 가을 생일잔치 하는 날. 대성통곡을 했다.

'도대체 내 생일은 언제인 거야! 나도 선물 받고 싶어!'

울고 있는 사진과 함께 아직도 나의 머릿속에 선명하게 남아있다. 드디어 1월, 내 생일 잔치를 하는 날. 선생님들이 준비해 둔 생일상 가운데 우뚝 서서 혼자 사진을 찍었다. 함박웃음을 지으며.

중학생 때는 버스를 타고 학교에 다녔다. 회수권을 한 장 들고 집에 가는 버스를 기다렸다. 아무거나 다 타도된다. 그래도 120번 버스를 기다린다. 그 버스의 종점이 우리 집 근처다. 버스가 가끔 늦게 온다. 무작정 기다린다. 언제 도착한다는 예고도 없다. 빳빳하던 회수권이 돌돌 말려있다. 원망스럽다가도 막상 타면 편안하다. 졸다가 벨을 누르지 못해 내릴 곳에 못 내려도 괜찮다. 종점에서 걸어가면 된다. 중학교 삼 년 동안 잘못 내린 적은 한 번도 없었다.

버스를 기다린다. 폐업한 회사가 아니라면 버스는 꼭 온다. 요즘은 버스 정류장에 도착 시간이 나온다. 12분 후에 버스가 온다. 느긋하게 기다린다. 외출 전에는 버스, 지하철 시간을 확인하고 집을 나선다. 도착 시간을 알려주는 서비스가 잘 되어 있어 목이 빠지게 기다릴 필요가 없다.

2000년 12월. 친구를 만나는 날이다. 오후 다섯 시, 명동 신한은행 앞에서 만나기로 했다. 약속 시간을 지키지 않는 친구다. 우스갯소리로 '얘랑 약속하면 약속 시간 한 시간 후에 가면 돼.' 할 정도다. 이번에는 한 시간이 지나도 오지 않는다. 저녁이 되니 사람이 많아졌다. 12월이라 추운데 들어갈 곳도 없었다. 핸드폰이 없어 삐삐로 연락해야 했다. 답이 없는 것을 보니 출발은 한 모양이다. 두 시간이 다 되어서야 약속 장소에 왔다. 미안하다고 했다. 나는 춥고 화가 났으며 배가 고팠다. 버거킹에 들어가서 치킨버거 세트를 먹었다. 그리고 체했다. 이틀 굶고 속이 편해졌다.

최근에는 만날 약속을 쇼핑센터나 서점으로 한다. 만나기로 한 사람이 늦어도 상관없다. 구경하다 보면 시간이 금방 지나간다. 핸드폰이 있어 길이 어긋날 걱정 없이 여기저기 돌아본다. 막연히 시계만 보며 두리번거리는 때랑은 다르다.

2002년 10월. 면접을 봤다. '결과는 오늘 안에 알려줄게요.' 기다리면 결과를 알 수 있다. 그날 저녁 드디어 출근하라는 전화를 받았다. 알고 보니 면접 보는 동안 합격이었다. 숙고하는 것처럼 보이기 위해 오후에 통보한 거다. 기다리던 전화. '내일부터 출근하세요.' 이십 대에 소망하던 가장 기쁜 소식이었다.

일본에서 부친 짐이 한 달 걸린다고 한다. 비행기로 보내면 빠르게 받지만 배는 한 달 소요된단다. 급한 물건들만 캐리어에 담았다. 한 달 걸려도 상관없는 물건으로 상자를 채웠다. 유럽 여행을 다녀오니 택배가 와 있었다. 오래 걸리는 것은 잊고 묻어 두면 알아서 찾아온다.

뭔가를 사서 빠르게 받고 싶다면 쿠팡을 이용한다. 쿠팡에서 구매하는 가장 큰 이유는 로켓 배송이다. 빨리 물건을 받고 싶은 마음이 크다. 미리 사두지 못한 생필품부터 급하지 않은 화장품류. 매장에서 직접 고르지는 못해도 다음날 받고 반품도 가능하니 종종 이용한다.

택배가 어디쯤 오는지 궁금하면 애플리케이션으로 검색한다. 언제 도착하는지 메시지로 보내주니 얼마나 친절한가.

크리스마스를 기다리는 아이들의 마음은 폭신폭신하고 달콤한 솜사탕일 것이다. 산타 할아버지가 내 소원을 들었겠지? 어린 시절 기억나는 크리스마스 선물이 있다. 새벽에 살짝 잠에서 깼다. 아직 캄캄하다. 머리맡을 손으로 더듬는다. 바스락바스락 뭔가 손에 잡힌다. '아! 선물이다.' 미소를 지으며 다시 잠이 들었다. 아침에 보니 미니어처 인형이었다. 인형 놀이, 소꿉놀이할 때 딱 좋다. 포장이 검은 비닐봉지였지만 상관없었다.

아이를 기다리는 예비 엄마의 마음은 영양가 없는 뻥튀기가 아닐까. 바짝 목만 탄다. 끝이 보이지 않는 터널에 빛조차 없다. 이번 기다림은 간단명료하지 않았다. 아무리 기다려도 물어볼 곳이 없다. 알 수 없어 불안하고 초조하다. 언제 올지 영영 오지 않을지도 모르니 말이다.

무언가를 예약하고 주문해 놓으면 제시간에 온다. 조금 늦어진다는 연락을 받으면 무작정 기다리지 않고 할 일을 한다. 불안하거나 초조하지도 않다. 아이를 기다릴 때도 이런 마음이

무작정 육아

필요하다. 일단 쉬면서 환경을 바꿔 기다리기로 했다. 생활의 패턴을 변화시켜 보면 기다림도 즐거울지 모른다는 생각이 문득 들었다. 실천하기 위해 퇴사한다. 나를 돌아봤다. 충분히 칭찬해 줬고 응원해 줬다.

'불규칙한 생활을 하느라 애썼다.'

'아무렇지 않은 척하느라 수고했다.'

'잠깐 쉬어도 괜찮다.'

'불안해하지 말아. 네 탓이 아니야.'

'당분간 쉬고 즐기며 살자! 기다림이 스트레스가 되지 않게.'

제2장

어느 날 문득
아이가
나에게 왔다

3일 동안 갇혀 있다가

여행을 갈 때 준비를 철저하게 하는 사람과 아닌 사람이 있다. 나는 설렁설렁하는 편이다. 계획을 알차게 짰다고 다 실행하지도 못한다. 아직은 패키지여행보다 자유여행이 좋다. 자유롭게 일정을 바꿀 수 있지만 생각하지 못한 일로 곤란한 일을 겪기도 한다. 그 또한 여행의 묘미다.

일본으로 어학연수 떠나는 날. 아는 사람 하나 없는 도쿄 기숙사에서 대성통곡한 날이기도 하다.

몇 달 전부터 노트북을 샀다. 퇴근 후 텔레비전을 켜니 홈쇼핑에서 노트북을 팔고 있었다. 일본은 110V 전압이라 플러

그도 챙겨가야 한다. 필요한지는 모르겠으나 유학생들이 가지고 간다길래 나도 장만했다. 혼자 해외여행도 처음이고 혼자 살아본 적이 없어 '다음 카페'에서 정보를 얻었다. 현금을 많이 쓰는 일본은 동전 지갑이 필수다. 내가 만든 지갑에 가지고 있던 일본 동전과 트렁크 열쇠를 챙겼다. 인천공항에서 짐을 부쳤다. 지갑을 열었다 닫았다가 하며 가만히 있지 못했다. 탑승 수속을 마치고 엄마와 작별 인사 후 비행기에 탔다. 큰 짐을 수화물로 부쳐도 노트북 가방, 배낭. 작은 짐이 어깨와 손에 주렁주렁이다. 한 시간 조금 넘자, '덜컹'하며 착륙한다. 나리타 공항이다. 짐을 찾으며 알아차렸다. 트렁크 열쇠를 넣어둔 동전 지갑이 없다. 일단 지금은 공항에서 트렁크를 기숙사까지 배달해 주는 서비스를 이용해야 한다. 기숙사 주소를 적고 돈을 냈다. 손이 떨린다. 주소를 제대로 적었는지 몇 번 확인했다. 열쇠가 어디 있는지 알겠다. '아뿔싸' 인천공항에서 수화물을 부치며 옆에 올려뒀다. 어떤 정신으로 기숙사를 찾아갔는지 모르겠다. 방 배정을 받고 엄마한테 전화했다. 인천공항 분실물 센터에 알아봐 달라고. 당연히 찾을 수 없었다. '내일 오는 트렁크를 어떻게 열지? 부숴야 하나?' 기숙사 관리하는 아저씨 '료짱'을 찾아가 사정을 얘기했다. 문을 따주는 사람을 불러 준다고 했다. 비용이 꽤 드는데 괜찮냐고 한다. 물론 난 괜찮았다.

어떻게든 해결이 되니 눈물이 터졌다. 다음날 트렁크가 열리며 나의 체중도 내려갔다. 평화로운 기숙사 생활을 도와준 고마운 '료짱'이다.

열쇠 악몽은 몇 번 반복되었다. 기숙사 현관 열쇠를 두 번이나 잃어버렸다. 물건을 잘 챙기는 편인데 일본에서는 다른 사람이 된 듯했다. 유럽 배낭여행을 갈 때는 꼭 비밀번호로 자물쇠를 채우리라 다짐했다.

드디어 크로아티아로 출발한다. 보험 가입하고 여권과 지갑 간수 잘하기. 길치인 나 혼자가 아니다. 남편과 함께라 든든하다. 자정에 출발해 이스탄불 경유 후, 자그레브에 도착. 흐린 하늘이지만 비가 내릴 정도는 아니었다. 남편은 이틀 후 이용할 렌터카 업체 위치를 알아본다며 기다리라고 했다. 이십여 분 후에 돌아왔다. 지나가는 사람들을 보니 키가 크다. 그 사이에서 나는 어린이 같았다. 자그레브에서 기억에 남는 것 하나. 오렌지 주스다. 기대 없이 마신 주스는 비행기에서 시달린 세포를 깨웠다. '꽃보다 누나'에서 본 플리트비체. 영화 아바타에 배경으로 나온 곳으로 아름답기로 소문난 곳. 난생처음 폭스바겐을 타고 내비게이션이 알려주는 플리트비체로 향했다. 가는 길이 험하다. 목적지에 도착하긴 했는데 생각한 곳이 아니다. 3월 초라 꽃은 물론 풀 한 포기 없었다. 게다가 눈이 녹지 않아 대부분 흰색으로 덮여있었다. '아! 다음에 다시 와야 하는군.' 언제가 될지 몰라도 다음에 다시 오기로 하며 자다르로 출발했다. 비가 와서 돌아다니며 숙소를 잡을 수가 없었다. 하는 수 없이 휴대전화 애플리케이션으로 예약했다. 내비게이션이 있어 숙소를 찾는 일은 쉬웠다. 도착한 건물은 사람이 살 것 같지 않았다. 십여 분 후 숙소 주인아저씨가 왔다. 영어를 못하는 나보다 영어를 더 못한다. 손, 발짓하며 소통한 후 들어가 보니 좋다. 넓고 높다. 창밖으로 보이는 밤 풍경도 이쁘다. 우리나라 돈으로 팔만 원 정도 하는 금액으로 이렇게 누릴 수 있을까. 플리트비체를 보지 못한 아쉬움이 사라졌다. 비 온 후 아침은 더욱 반짝인다. 등교하는 아이들. 문을 여는 시장 상인들이 분주하다. 그들의 일상에 여행자인 우리는 여유로웠다. 다시 가고 싶은 곳, 리스트에 자다르를 넣었다. 황제의 도시라고 불리는 스플리트로 갔다. 스플리트에서 1박을 하고 라벤더가 피는 휴양지 흐바르섬으로 가는 계획이다. 자다르와 달리 스플리트는 바람이 세게 불었다. 자다르 못지않게 스플리트도 마음에 들었다. 하루 머물기 아쉽다. 조식으로 나온 오므라이스 양이 많아 다 먹지 못했다. 우리가 들렀던 크로아티아의 식당은 대체로 음식의 양이 많았다. 배부르고 시간이 없어도 오렌지 주스는 마셨다. 흐바르섬으로 가는 배에 탈 시간이다. 렌터카 폭스바겐을 타고 배로 이동한다. 한 시간 넘게 걸려 도착한 흐바르는 스플리트보다 추웠다. 성수기를 맞이하기 위해 공사가 한창이다. 3월은 비수기라 식당도 문을 연 곳이 별로 없다. 유럽인들이 휴가를 즐기러 오는 인기 있는 섬이지만 바람만 불었다. 같이 타고 온 한국인 여행객은 짐이 없었다. 낮에만 잠깐 들르는 정도로 온 모양이다. 우리는 하루 묵을 예정이라 숙소에 가서 짐을 풀었다. 지대가 높은 숙소는 작지만 바로 바다가 보인다. 우리나라 같은 이중창이 아니라 바람이 불 때마다 베란다 문이 덜컹거렸다.

다음날, 바람이 많이 부는 흐바르를 떠나 두브로브니크로 가려고 나섰다. 전날과 다르게 사람이 아무도 없고 차도 없다. 영업해야 하는 시간인데 표를 파는 곳이 문이 잠겨있다. 영어도 아닌 크로아티아어로 휙휙 갈겨쓴 종이 한 장이 유리문에 붙어있었다. 번역기를 돌려 보니 운항하지 않는다는 말이다. 할 수 없이 다른 항구인 '스타리그라드'로 갔다. 마찬가지로 아무도 없다. 기다려 봐도 아무도 오지 않는다. 그러다 점심이 되어 스파게티를 먹으러 식당을 찾았다. 장사하는 식당이 많지 않았다. 그나마 문을 연 가게에 들어갔다. 전날과 다르게 맛도 모르겠고 불안하기만 했다. 오후가 지나고 저녁이 되어도 배가 뜰 기미 없이 바람만 불어댔다. 차 안에서 잘 수 없어 숙소를 알아봤다. 오래되어 보이는 집이지만 하루 자기에는 괜찮았다. 주인 할머니는 키가 180cm 넘어 보였으며 고등학생으로 보이는 손자도 머리가 천장에 닿을 것만 같았다. 올려다보느라 목이 아프다. 키만큼 친절함도 컸다. 천천히 설명해 줬다. 날씨에 관해. 배가 며칠 동안 운행하지 못할 것이란다. 바람이 심하게 불어서 말이다. 다음날 렌터카를 타고 나가봤다. 역시나 사람은 없고 차만 몇 대 있었다. 거센 바람과 함께 파도 소리는 컸다. 스플리트에서 바라보던 파란 바다와 달랐다. 거무튀튀해 보인다. 종일 차에 앉아 저장해 온 음악을 들으며 마트에서 산 빵을 먹었다. 혹시나 하는 마음에 마냥 기다렸다. 하늘은 맑다. 그러나 바람은 여전하다. 초속 16mm.

주차장에 우리를 포함한 차가 몇 대 있었다. 그들도 우리처럼 발이 묶인 거다. 남편이 음료수를 사러 나가려고 차 문을 열었다. 바람 때문에 문이 확 젖혀졌다. 옆에 있던 승합차에 '쾅!' 눈앞이 캄캄해졌다. 한국도 아닌 흐바르섬에서 사고라니. 안에 타고 있던 아저씨가 나왔다. 남편과 이야기를 나눴다. 바람이 머릿속으로 들어와 더 헝클어졌다. 회사 차라서 보스와 통화 후 알려준다고. 50유로에 일이 마무리되었다. 50유로로 과연 수리가 될까? 어쨌든 다행이었다.

다음날, 해도 뜨지 않는 새벽에 짐을 챙겨 차에 싣고 배를 보러 나왔다. 분위기가 전날과 다르다. 차가 하나, 둘 줄을 섰다. '아! 오늘 드디어 배를 탈 수 있구나.' 해방의 기쁨이 이런 것일까? 배에 올라타는 기분은 말로 설명할 수 없다. 차 안에서 식사를 대충 때우고 앉아만 있던 탓에 옷이 마구 구겨져 있었다. 모습은 엉망이지만 상관없다. 그날 이후로 바람이 많이 부는 날은 초속을 확인하는 습관이 생겼다.

바닷물에 렌터카가 소금 범벅이 되어 닦아야만 했다. 그래도 마냥 좋았다. 아드리아해의 보석 두브로브니크는 예상대로였다. 3박을 하려고 했지만 섬에 발이 묶인 덕분에 일정이 하루만 남았다. 그래도 위약금 없이 숙소와 렌터카 모두 해결되었다.

계획대로 되지 않는 게 인생. 절실히 느끼고 비행기를 탔다. 한국으로 돌아가는 일만 남았다. 자그레브에서 이스탄불에 도착한 비행기는 계류할 곳을 찾아 빙빙 돌았다. 내리지도 못하고 시계만 봤다. 순간 좌석에서 모두 일어났다. 서로 내리겠다며 난리다. 그나마 큰 짐이 없어 달리기 수월했다. 끝날 때까지 끝난 게 아니었다. 인천행 비행기는 무사히 데려다줬다. 집에 오니 아무 일도 없었다는 듯 그대로였다. 열흘 동안 기다려 준 집. 고마웠다.

2

엄마가 된다는 것

　두 줄이 떴다. 영화처럼 아이가 찾아왔다. 인생 중대한 일을 화장실에서 알게 된 사람이 나만 그런 건 아닐 거다. 임신테스트기. 집에서 간편하게 알 수 있었다. 물론 병원에 가서 아기 심장 소리를 들어야 임신을 확인할 수 있지만 말이다. 테스트기는 누가 만들었는지 감사하다. 매번 병원에 가서 확인했다면 더 지쳤을 일이다. 아무튼 누구에게든 감사를 전했다.

　'인터넷 카페' 정보에 의하면 산부인과에 빨리 가지 말라고 한다. 일주일을 기다린 후 병원에 갔다. 집에서 차로 15분 거리에 새로 생긴 여성병원. 손발을 맞춘 지 얼마 되지 않아 어수선한 분위기였다. 어쨌든 난임 병원에 다닐 때와는 전혀 다른 느낌이다.

'김희진 산모님, 들어오세요.'

차분한 음성의 여자 선생님이 맞아 주셨다. 초음파를 보더니 아기집이 잘 있다고 했다. 아직 아기 심장 소리를 들을 때가 아니니 한 주 후에 오라고.

4월이 되었다. 산모 수첩을 받았다. 아기의 심장이 잘 뛰고 있다는 소식을 부모님께 전했다.

'아, 이제 다 되었다.' 잠깐 안도의 한숨을 쉬었다. 아기가 잘 크고 있는지 병원에 간다. 심장이 잘 뛰는지. 몸은 얼마만큼 자랐는지. 임신만 하면 끝인 줄 알았는데 걱정은 또 다른 걱정을 낳았다. 손과 발이 잘 있나. 눈, 코, 입이 어떤가. 아빠를 닮아 머리가 너무 크지는 않은가.

어린 시절. 엄마는 나를 지켜주는 수호천사 같았다. 학교에 우산을 가져가지 않았는데 비가 내린다. 그래도 걱정 없다. 비가 오면 언제나 엄마가 교문 앞에서 우산을 들고 기다린다. 언제부터 기다리고 있었을지는 생각해 본 적 없다. 그저 엄마가 와줘서 기쁘기만 했다. 초등학교 육 년 동안. 비를 맞고 집에 간 날은 한 번도 없었다.

초등학교 때 그림 그리기를 좋아했다. 미술학원에 다니고 싶다고 엄마한테 말했다. 넉넉한 형편이 아니라 안 된다고 해도 어쩔 수 없었다. 엄마는 아빠와 상의해 본다고 했다. 어느 날 밤. 문득 잠이 깨 엄마, 아빠가 하는 말을 들었다. 나를 미술학원에 보내볼까? 하는 이야기였다. 대화의 결론은 보내자는 것. 미소를 지으며 다시 잠이 들었다. 그러다 미술학원에 원생이 없어서 문을 닫았다. 당시 유행하던 주산 학원에 다니게 되었다. 주산 학원 원장님은 목소리가 지나치게 컸다. 잘하지 못하면 손등을 때렸다. 계속 다니고 싶지 않았다. 그만뒀다. 엄마는 내 말을 들어주는 천사였다.

고등학교 때, 미대에 가기 위해 입시 미술을 준비했다. 집에서 그리지도 않을 거면서 줄리앙 석고상도 샀다. 2절 종이가 많이 필요했다. 매번 동네 문구점에서 사서 쓰는 것보다 남대문 도매 화방에서 대량 사서 쓰는 게 쌌다. 주말에 엄마와 아빠는 남대문 시장에 있는 화방에 가서 몇백 장을 사 왔다. 한번에 가는 교통편이 없어 버스를 타고 지하철로 갈아타야 회현역에 도착할 수 있었다. 종이 무게에 손가락이 끊어질 듯했을 텐데. 그때 산 종이는 이 년 동안 다 쓰지 못했다. 좋은 성적도 받지 못했다. 그저 죄송할 따름이다. 1997년. IMF로 인해 어려웠던 시기에 대학교 1학년이 되었다. 디자인 전공이라 돈 많이 들었다. 사진 수업 시간에 쓸 수동 카메라가 필요했다. 경제적으로 힘든 시기였지만 체감할 수 없었다. 가능한 한 지원을 아끼지 않은 부모님 덕분이다. 내가 맞을 걱정 비, 당신이 우산이 되어 막아냈다.

삼십 대 후반, 임신만 하면 끝나는 줄 알았다. 드라마나 영화에 나오는 배우처럼 우아한 엄마를 꿈꿨다. 세상을 다 가진 것 같은 표정으로 아이에게 젖을 주고, 행복한 미소를 머금은 엄마. 하지만 그건 화면 속에서나 가능한 일이었다. 인생에 연습이 없는 것과 같이 엄마가 되는 일은 더욱 그렇다. 임신의 기쁨도 잠시. 다음 진료 예약은 언제이며, 검사할 목록을 쭉 설명한다.

'나도 내 아이의 수호천사가 될 수 있을까?'

어떤 엄마가 될지 생각해 볼 시간을 주지 않는다. 각종 태아 검사, 태아 보험, 만삭 사진, 산후조리원 등등. 축복으로 맞이하기보다는 표면적인 문제들이 먼저 다가왔다.

임신했다고 바로 모성애가 나오지는 않는다. 임신테스트기에 두 줄이 나왔다고 바로 엄마가 되는 게 아니다. 아이를 맞이하는 마음가짐이 중요한데 생각할 겨를이 없다. 점점 배가 나오고 36주 후에 아이가 태어난다. 그 정도 지식밖에 없었다.

임신, 출산부터 시작되는 과정은 상상 그 이상이다.

임신의 과정이 기다림이었다면 엄마가 된다는 것, 상상하지 못한 기다림이었다. 눈만 끔뻑이며 누워있는 아기가 목을 언제 가눌까? 눈은 언제 맞춰줄까? 누구는 뒤집기를 한다던데, 몇 개월부터 기어다닐까? 이제 서서 걷기 연습하겠지? 언제쯤 엄마라고 불러 줄까?

모든 걸 빨리하기를 바라도 때가 되어야만 한다. '차라리 배 속에 있을 때가 나아. 돌아다니면 얼마나 사고를 치는지. 말은 또 어떻고.' 아이를 키우며 도를 닦는다는 육아 선배들의 말이다. 수도꼭지에서 물이 나오듯 말이 끊이지 않는다. 임신만 하면 해피엔딩으로 끝날 줄만 알았다. 하지만 육아의 바다는 그 깊이를 가늠하지 못할 만큼 깊고 넓었다. 육아 무식자의 모험 시작이다.

2022년 3월. 오미크론이 대유행이다. 친정 부모님 모두 양성이 나왔다. 다행히 크게 아프지 않고 지나갔다고 했다. 몇 주 후. 오미크론이 우리 집을 지나치지 않았다. 남편 상태가 심상치 않다. 양성이다. 나랑 윤이는 한 줄이 떴다. 거듭 확인해도 애는 열도 없고 목도 아프지 않다고 한다. 집에서는 남편과 격리가 불가능하다. 코로나19가 한바탕 지나가 안전지대인 친정

집으로 피신했다. 사흘 후 윤이가 열이 난다. 39도. 올 것이 온 거다. 윤이는 외할머니 집에서 텔레비전도 실컷 보고 맛있는 음식도 먹으며 금방 좋아졌다. 나 또한 친정집에 일주일 머무르며 엄마가 해주는 밥을 먹으며 편하게 지냈다. 휴가를 보내듯이 책을 읽으며 여유로웠다. 남편이 격리 해제가 되어 집으로 돌아갈 수 있었다. 모두 나을 무렵, 결국 나도 두 줄이다.

친정집에 머무는 시간은 꿀처럼 달콤했다. 엄마표 커피 우유는 예전 그대로다. 일주일간 호사를 누렸다. 엄마가 해주는 밥을 먹고 청소, 빨래 하나 신경 쓰지 않아도 괜찮다. 읽고 싶은 책 읽고 듣고 싶은 강의 들으며 여유로운 시간을 보냈다. 가족이 걸리면 다들 격리하느라 힘들고 밥해 먹이느라 고생하던데. 오히려 나는 평화로웠다. 손에 물 한 방울 묻히지 않았다. '일주일 편하게 쉬다 가. 언제 또 이렇게 쉬겠니.' 친정엄마는 평생 짜증 한번 내지 않았다. 힘든 내색도 없다. 나도 내 딸에게 그런 엄마가 되어줄 수 있을지 생각해 보는 한 주였다.

3
.....

이제는 태교다

　태명을 지었다. 나비. 팔랑팔랑 날아다니는 봄의 나비처럼 우리에게 찾아온 아기. 낯 간지러워 '나비야.' 하고 부르며 태담을 들려주지도 못하는 엄마다. 어렵게 찾아온 소중한 아기에게 뭔가를 해주고 싶다.

　태교란 무엇일까? 태아가 어머니의 뱃속에서부터 좋은 걸 배워서 건강하고 온전한 아기로 태어나길 바라는 모두일 것이다. 예전에는 고리타분한 생각이라고 여겼다. 하지만 내가 엄마가 되니 뭔가 좋은 것을 해주고 싶었다. 네이버에 검색해 보니 해외여행을 가는 태교 여행지 소개가 가장 많다. 아이가 수학을 잘했으면 하는 마음으로 수학 정석을 푸는 산모도 있었다.

수학 문제 풀이라니 할 수 없고 좋아하지도 않는다. 내가 좋아하고 할 수 있는 일을 하며 아이를 맞이하기로 했다. 첫 번째는 클래식 음악을 듣기. 두 번째로는 운동. 세 번째로는 아빠의 낮은 음성으로 태담 들려주기. 네 번째는 공부하기. 다섯 번째는 손으로 만들기. 이 작업도 아기 두뇌에 좋단다.

2015년. 5월. 전염병 메르스. 길에 사람이 별로 없다. 기분 탓인지 분위기도 어둡다. 호르몬 영향인지도 모르겠다. 임신 초기에는 조심해야 한다기에 조심하는 척했다. 언제쯤 4개월 차가 되는지 매일 달력을 보는 게 일과가 되었다. 입덧이 심하지 않으나 가끔 속이 울렁거리긴 했다. 그럴 때는 뜨끈한 쌀국수를 먹으면 속이 좋아졌다. 집에만 있으려니 시간이 길게 느껴졌다. 집에서 할 수 있는 첫 번째 태교. 쉽게 할 수 있는 클래식 듣기. '모차르트 효과' 음악을 들으면 아이의 두뇌에 좋다는 설이 있다. 무엇을 들을지 검색했다. 막상 들어보니 별로 감흥이 없다. 지루했다. 차라리 성시경 노래를 들었더니 기분이 좋아졌다. 클래식 듣기는 그만뒀다. 알고 보니 모차르트 효과는 과학적으로 근거가 없다고 한다.

6월, 안정기가 되었다. 두 번째로 계획한 운동을 할 수 있는 시기다. 인터넷 카페를 드나들었다. 부천에 있는 여성병원. 내가 다니던 부천 상동 한의원 근처다. 여성병원 문화 교실에서 산모 발레 수업이 있다. 클래식을 들으며 하는 발레. 내가 원하던 수업이다. 발레를 배운 적 없지만 우아한 태교가 될 듯했다. 인기가 좋은 수업이라 등록하려면 서둘러야 한다. 기다리던 첫 수업. 다행히 비가 그쳤다. 배는 많이 나오지는 않았지만, 혹시나 하는 마음에 천천히 걸었다. 비 온 후라 상쾌하고 깨끗했다. 발레 교실에서 클래식 음악이 흘러나온다. 다른 산모들을 보니 반가웠다. 헐렁한 윗도리에 가려진 5개월 차 나의 배는 그냥 똥배 같았다. 8개월 된 산모는 확실히 다르다. 둘째를 가진 산모도 있다. 둘째를 가진 엄마는 나와 달리 여유가 보인다. 안정감이 느껴졌다. 선생님과 친하게 이야기를 나눈다. 첫째를 임신했을 때도 여기에서 태교를 위해 발레를 했다고 한다. 둘째 아이도 자연스레 이어진 듯 보였다. 첫 번째 태교로 삼았던 클래식을 들으며 운동하기. 발레 수업은 일거양득이다. 모차르트 '작은 별 변주곡'에 맞춰 몸을 푼다. 임신으로 찌뿌둥한 어깨, 손목, 손가락, 발목, 발가락까지. 마음을 간질이는 음악과 함께 몸을 푸니 날아갈 듯 가벼워진다. 내가 특별해진 기분도 잠시 뿐. 고통이 찾아왔다. 다리에 붙어있는 근육이 문제다. 발레 동작 중 하나. '플리에'는 아킬레스건을 늘려주고, 다리 근육을 강화해 준다. 무릎을 굽혔다가 올라온다. 스쾃 동작과 다르게 발을 바깥으로 '턴 아웃' 한다. 반복하면 다리 근육 발달과 탄력성을 기를 수 있다. 모든 발레 동작에 활용이 가능한 기초 동작이란다. 몇 달 조심히 집에만 있었던 탓인지 몸이 말을 듣지 않는다. 얼마나 집에만 있었던 것인가. 첫 수업을 마치고 지하철역으로 터덜터덜 걸어갔다. 계단을 내려가려니 다리가 후들거려 무서웠다. 한 계단 한 계단. 걸음마를 배우는 아기처럼 내려갔다.

'아, 한심한 내 다리.'

지하철을 기다리며 다리를 두들겼다. 문제는 역에서 집까지 걸어가는 구간이다. 지하철역에서 집까지 보통 걸음으로 걸으면 몸이 무거워졌어도 십오 분이 채 걸리지 않는다. 다리 근육이 움직이지 않아 평소보다 두 배는 걸렸다. 근육통이 다음 날까지 이어졌다. 그래도 전날보다는 살 것 같았다. 두 번째 수업, 포기하지 않았다. 처음보다 나아졌다. 10월이 되어 제법 배가 나올 때까지 무리 없이 다녔다. 아기를 낳으면 아이랑 산후 발레하러 와야겠다고 생각했다.

세 번째는 아빠 태담. 대본도 없이 얼굴도 보지 못한 아이에게 무슨 말을 해주나. 처음에는 일 분도 채 되지 않아 말할 거리가 떨어졌다. 남편 처지가 곤란하다. '나비야.' 태명을 불러 놓고 한참을 망설인다. '잘 지내고 있지.' 아이에게 좋은 말을 해주고 싶기는 한데 말이다. 검색하다 보니 태교 동화가 눈에 들어왔다. 엄마, 아빠가 들려주는 태교 동화.《하루 5분 엄마 목소리》,《하루 5분 아빠 목소리》이야기도 재미있고 음악 CD 도 들어있다. 처음, 클래식 태교를 그만뒀지만 여기 큐레이션 되어있는 음악은 듣기 좋다. 요즘도 윤이는 그 CD를 틀어주면 좋아한다.

네 번째 태교. 공부하기. 내 아이가 '수. 포. 자'가 되지 말라는 염원이 담긴 일명 수학 태교. 시도조차 하지 않았다. 머리가 지끈거리는 수학 문제를 푸는 건 도움이 되지 않을 것 같다. 일 때문에 배우던 중국어. 이참에 다시 시작했다. 하는 김에 HSK 시험 일정을 찾아봤다. 연세대에서 가을에 시험이 있다. 여름 동안 공부하면 될 것 같아 욕심이 생겼다. 예전에 봐둔 동호회에 등록했다. 시험 맞춤 수업이다. 족집게 강의가 따로 없었다. 두 달간 점점 나오는 배를 안고 단어를 외우고 문제를 풀었다. 얼마나 의자에 앉아 열중했던지 탈이 생겼다. 화장실에서 볼일을 보고 물을 내리려는데 빨갛다. 피! 두 시간 넘게 같은 자세로 앉아 있던 게 문제였나 보다. 며칠간 반복되자 화장실에 가고 싶지 않았다. 다행히 변비도 없고 큰 통증도 없다. 며칠을 그러더니 곧 멈췄다. 담당 선생님께 연고 처방을 받았다. 무리한 탓이다. 시험에 합격한 것 말고 더 큰 것을 배웠다.

10월. 선선해지고 있다. 다섯 번째 태교 뭔가를 손으로 만들기. 배우고 싶었던 케이크 장식하기다. 버터크림으로 꽃을 만든다. 버터는 더운 여름에 다루기가 쉽지 않다. 상온에 녹는 특성이 있어 가을 날씨가 배우기에도 딱 좋았다. 식용 색소로 원하는 색을 낸다. 깍지를 껴서 꽃을 만든다. 작품 사진을 보니 생화처럼 자연스럽고 아름답다. 8회 수업을 들으면 기본 모양은 배울 수 있다고 했다. 배가 많이 나와 오래 앉아 있으면 이전보다 더 힘든 시기다. 화장실도 자주 간다. 밤에도 깊은 잠을 잘 수 없다. 고민이 되었다. 그런데 지금이 아니면 할 시간이 없을 것 같아 무작정 등록했다. 예상대로 집중이 안 된다. 배가 뭉친다. 쉬엄쉬엄 꽃 모양을 만들었다. 마음에 들지 않는다. 완성된 작품을 친정엄마한테 선물한 것으로 만족했다.

열 달. 기쁜 마음으로 아기를 기다리는 시기이다. 뭔가를 하려고 하지 않아도 된다. 편안한 마음으로 그저 아기를 품기만 해도 좋다. 자신의 성향에 맞게 보내면 그만이다. 다시 돌아오지 않을 'D' 라인 몸매를 과시하며 다녔다. 후회도 없다. 만나고 싶은 사람 만나고 하고 싶은 일 하며 누구보다 활기찬 산모였다. 아이와 함께하는 짧지 않은 여정이다. '나비'도 엄마 만나게 될 날을 태중에서 기다리겠지? 신나게 놀면서 말이다.

눈물이 났다

출산 예정일은 11월 26일. 태아가 건강하게 잘 커 갔다. 성별이 궁금해졌다. 과거와 다르게 성별을 은근히 알려준다. 아들이든 딸이든 건강하게 태어나기를 바랐다. 정기 진료를 보는 날. 초음파로 아이 모습을 본다. "핑크네요." 성별을 알게 되니 이전보다 실감이 난다. 다음날 여기저기 소식을 전했다. 아이가 잘 크고 있고 딸인 듯하다고. 다시 한번 축하받았다. 창가 옆 소파에 앉아 배를 쓰다듬었다. 해가 들어 눈이 부셨다. 눈물이 났다.

성인이 되고 난 후 어린 시절 기억이 희미해져 갔다. 하지만 내 아이를 보면 예전 기억이 불쑥 올라온다. 나는 소심했고, 표현하지 못했다. 내가 좋아하는 것. 할 수 있는 것. 남의 눈에 이상하게 보일까 걱정했다. 몸집처럼 마음 크기도 작다. 요즘 말하는 메타인지가 없는 아이였다. 초롱초롱해야 할 아이 눈이 반짝이지 않았다.

초등학교 1학년 입학 후 3월, 이사했다. 2반에서 9반이 되었다. 덕분에 소풍을 두 번이나 갔다. 낯선 동네, 친한 언니도 이제 없다. 학교에 가려면 언덕을 올라야 한다. 같은 반 아이가 말을 걸었다. "너 일곱 살이지? 우리 엄마한테 다 들었어." 그 애를 흘깃 보며 아무 말도 하지 않았다. 하필 근처에 살고 부모님이 부동산을 한다. 우리 집 계약을 거기서 했다. 참견하기 좋아하는 그 애는 키뿐만 아니라 목소리도 컸다. 자신감 넘치는 말투로 서슴없이 말을 걸었다. 대화를 나누고 싶지 않았다.

친척들이 놀러 왔다. 개미 목소리로 인사만 하고 방으로 들어왔다. 거실에서 왁자지껄하다. 그 틈에 껴서 놀 수 없었다. 점심도 방 안에서 따로 먹었다. 불도 켜지 않았다. 어두운 방 안에서 할 일 없이 기다렸다. 나 자신이 답답하기도 했지만, 어쩔 도리가 없다. 갑작스러운 상황에 적응하려면 시간이 걸렸다. 키가 아직도 작네. 밥을 잘 안 먹네. 공부는 하냐. 이런 종류의 말들이 오간다. 듣고 싶지 않은 이야기를 피하려고 차라리 방으로 숨어들었다.

초등학교 4학년. 견학 가는 날이다. 한 반에 아이들이 육십 명이 넘는다. 관광버스를 타고 견학 장소로 가기 위해 줄을 섰다. 나처럼 몸집이 작은 아이들은 세 명씩 끼어 앉는다. 제일 친한 친구도 나처럼 마른 편이다. 셋이 수다를 떨며 이천 도자기 마을로 향했다. 휴게실에 들렀다. 화장실 가기도 하고 간식을 사 먹기도 했다. 우리는 아이스크림을 샀다. 주머니에 잘 접어둔 천 원. 엄마에게 받은 비상금이다. 평소에 먹어보지 못한 월드콘을 먹고 싶었다. 다른 두 친구는 쭈쭈바를 골랐다. 친구들과 다른 것을 고른 나. 조금 부끄러운 마음이 들었다. 버스는 다시 출발했다. 쭈쭈바를 먹는 친구들은 맛있게 끝까지 먹었다. 버스에 타자마자 내 콘은 줄줄 흘러내렸다. 혀로 핥아도 소용없다. 무엇이든 느리게 먹는 나에게는 쭈쭈바가 알맞았다. 버스 안은 아이들의 열기로 후끈했다. 아이스크림은 맛이 없었고 손은 끈적끈적해졌으며 쓰레기만 생겼다. 500원이나 썼는데 100원짜리만 못 하다. 내 선택에 후회했다. 학교 성적도 그저 그랬다. 수우미양가 중에 '수'는 별로 없다. 목소리도 작고 키도 늘 작았다. 사람들은 야무지지 못한 나를 보고 맹추 같다고 했다.

고등학생이 되었다. '나는 공부도 못하고 잘하는 것이 없는

데, 뭘 해야 하지?'

고등학교 2학년, 3월. 미술학원에 다녀야겠다고 결심했다. 처음으로 내가 후회하지 않은 선택이었다.

요즘은 '빠른 년 생'이 없어졌다. 11월이나 12월에 태어난 아이들이 그 자리를 대신하고 있다. 2016년 6월. 문화센터에서 첫 수업이 있다. 생후 6개월 된 윤이는 아직 앉지 못했다. 같은 15년생이지만 기고 걷는 아이도 있었다. 하필이면 윤이가 좋아하지 않는 촉감놀이 하는 날이다. 겨우 달래서 사진 몇 장을 건졌다. 무법자 같은 남자아이가 간신히 앉아 있는 윤이를 밀어버린다. 손쓸 틈도 없이 '쿵'하고 쓰러졌다. 울음을 터트린 윤이한테 남자아이 엄마가 한마디 한다. "미안해. 그러게 왜 늦게 태어났어?" 집에 돌아와 낮잠을 잤다. 평소라면 깰 시간이라 침대로 가보니 엉덩이를 높이 든 채 자고 있다. 일어날 기미가 없다. 느린 생일이라 앞으로 많이 치일 것을 생각하니 안쓰럽다.

초등학교 입학하던 날. 코로나19로 인해 아이들만 입학식에 참여했다. 자기 등보다 큰 네모난 겨자색 가방을 메고 갈색 신발주머니를 들었다. 그리고 씩씩하게 걸어 들어갔다. 멀리서도 윤이 가방이 눈에 잘 띈다. 흔하지 않아서다. 여자아이들 사이에서 유행하는 색깔은 민트색과 라벤더색. 핑크는 항상 인기다. 등교하는 아이들 뒷모습을 보니 민트색과 연보라 가방이 휩쓴다. 반짝반짝 신발주머니와 세트이다. 나도 나름 인스타그램에서 잘 나가는 책가방을 직구한 것이다. 지퍼로 된 가방이 아니라 버클로 열거나 닫을 수 있는 디자인이다. 예전에 내가 초등학교 다닐 때 메고 다니던 스타일. 사기 전에 윤이한테 물어보니 마음에 들어 했다. 배낭 하나만 팔만 육천 원. 신발주머니는 집에 있는 주머니에 끈과 이름표만 달아서 만들어줬다. 선배 엄마들이 조언한다. 고학년이 되면 좀 더 큰 가방으로 바꿔야 할 수도 있다고. 초등학교 가방 세트를 사는 비용으로 이십오만 원이나 들이는 것이 낭비라는 생각이었다. 윤이도 노란색을 좋아했다. 남들과 다른 모양, 색깔이라 멀리서도 구별되었다. 어느 날 윤이가 나에게 물었다.

"엄마, 나는 왜 다른 친구들 가방이랑 달라?"

"왜? 노란색 좋아하잖아. 그리고 마음에 들었고. 유하가 들고 다니는 가방은 백화점에서 보니까 십육만 원, 신발주머니는 십만 원 정도 하더라."

윤이 눈이 동그래진다. "그렇게 비싸!"

"윤이 키가 많이 커서 가방이 작아지면 새로 사 줄게. 그리고 노란색이라 눈에 잘 뜨여 좋더라. 멀리서도 우리 윤이가 보이니까."

예전에 나라면 친구들과 다른 가방을 부끄러워했을 것이다. 아마도 엄마에게 투정했을 터다. 소중한 아이에게 나의 모자란 점을 물려주고 싶지는 않다. 좋은 것만 주고 싶다. 물질도 꼭 필요하다. 하지만 마음이 중요하다는 것. 아이가 알아주면 좋겠다. 자신을 알고 자존감이 있는 아이로 자라길 바란다. 어려도 얘기해 주면 이해하니 구체적으로 설명해 준다. 자신 생각을 표현하고 느낌을 전달하는 아이로 자라고 있다. 나와는 다른 모습에 놀랍고 대견하기도 하다.

누군가는 아이에게 별걸 다 이야기한다고 한다. 아이가 벌써 돈 걱정한다고. 다른 사람에게 휘둘리지 않고 자신감 있는 아이로 키우고 싶다. 그래서 우리 집의 경제적인 상황을 알려 준다. 자연스럽게 사고가 넓어지고 배려하는 마음이 자라고 있다고 믿는다.

기다리던 아이가 찾아왔을 때, 마냥 기쁘기만 할 줄 알았다. 책임감으로 마음이 무겁다. 잘 키울 수 있을까? 나처럼 살면 어쩌지? 걱정만 끼치는 딸이었기에 나를 닮지 않기를 바랐다. 윤이는 나를 닮았지만 다르다. 키는 작아도 목소리는 크다.

나를 사랑할 줄 안다. 자신의 선택을 존중하고 책임지려 노력한다. 생각도 잘 자라나고 있다. 자유롭게 상상하고 표현하는 윤이를 보면 가끔 부럽다. 아이를 키우며 나도 자라고 있다. 야무지지 못해 맹추 같던 나를 위로해 준다. 훗날 윤이가 결혼해 딸을 낳으면 좋겠다.

5

엄마가 되기 위한 공부

지나가는 아기를 보면 눈이 간다. '저렇게 귀여운 시절이 있었지.' '아, 조그맣다. 작은 아기를 내가 어떻게 키웠을까?' 내가 대견하다. 마치 아이스크림을 먹듯이 맛있게 자기 손을 빨며 꼬물거리는 아기, 넘어질 듯 말듯 아슬아슬하게 한 발 한 발 걷는 아이를 보면 발걸음이 느려진다. 가던 길을 멈추기도 한다. 엄마 미소가 지어진다. '지금은 힘들어도 곧 지나가요.' 예쁘게 잘 키우기를 마음속으로 응원해 준다.

학교 졸업 후 기뻤다. 재미없는 공부를 이제 하지 않아도 되니 얼마나 좋던지. 하지만 삼십 대 후반, 엄마가 되려면 공부해야만 했다. 출산과 육아에 대해 저절로 알게 되지 않는다. 아이를 낳으면 저절로 큰다는 말도 참은 아니었다. 엄마 놀이, 소꿉놀이처럼 먹이고 입히고 재우기가 끝이 아니다. 현실은 어릴 때 하던 놀이와는 차원이 달랐다. 슈퍼우먼까지는 아니더라도 엄마는 뭐든 해내는 사람이다. 낳으면 끝이 아니다. 이제껏 살아온 삶과는 전혀 다른 새로운 세상이 펼쳐진다. 육아에 대해 아무것도 모르는 여자가 출산과 함께 엄마로 태어난다. 모르는 세계이니 전문가 이야기를 듣고 깨닫는다. 선배들의 간접 경험을 통해 감을 잡는다. 그 밖에 새로운 가족을 맞이하기 위해 무엇을 해야 할까? 인터넷을 찾아보면 유명 블로거가 자기 경험을 공유한다. 출산 준비 리스트를 시작으로 정보가 끝없이 쏟아진다. 좋다고 하면 귀가 솔깃하다. 하지만 다 살 수도 없고 공간도 한계가 있다. 튼살 크림, 고르는 게 어려웠다. 좋다고 하기에 바르기는 했지만 도움이 되는지 잘 모르겠다. 입덧 방지 사탕이 나에게는 필요하지 않았다. 처음부터 완벽한 준비는 할 수 없다. 빈틈없이 완벽한 부모는 없을 것이다. 유난스럽게 준비하지 않아도 되는 거였다. 미리 사둔 모유 보관용 비닐은 한 장 쓰고 먼지만 쌓였다. 스파우트 컵은 사용하지 않은 채 놀이용 컵이 되었다. 출산, 육아용품은 끝도 없었다.

무작정 육아

아이는 예고 없이 찾아온다. 완벽하게 준비를 마친 상태로 아이를 맞이하는 사람이 있을까. 그동안 난임에만 초점이 맞춰 있어서 임신 후 뭐가 필요한지 몰랐다. 마침 보건소에서 모유 수유에 대해 교육한다. 신청부터 했다. 정원은 서른 명. 문자를 받고 보건소로 향했다. 배가 나오는 만큼 날도 더워져 갔다. 산모들이 하나, 둘 강의실로 들어온다. 여럿이 모여 앉아 꽤 친해 보이는 산모들도 있다. 같은 시기에 아이를 가진 건지 아니면 어쩌다 친해진 건지는 모르겠다. 수다를 떠는 모습이 익숙해진 사이처럼 보였다. 강의실을 들어오는 산모들 손에는 손수건이 들려있다. 양산을 들고 걸어가는 걸음걸이가 비슷비슷하다. 음료수와 과자가 준비되어 있었지만 먹지 않았다. 화장실을 자주 가는 게 귀찮아서다. 강의 전 강사 소개와 함께 '경산모'가 있는지 물어봤다. '경산모'란 출산 경험이 있는 산모다. 단어조차 생소하다. 서른 명이나 되는 산모 중 단 한 명뿐이었다. 나를 포함해 모두 초산이었다. 신생아 인형을 안고 젖을 주는 자세를 취한다. 맨 뒤에 자리를 잡아 잘 보이지 않았다. 모유의 좋은 점, 언제 먹이는지, 젖을 물리는 방법. '완모와 완분'에 대해 설명했다. 낯선 단어다. '완모'는 분유를 먹이지 않고 온전히 모유로 아이를 키우는 것이었다. '완분'은 분유만. '반모'는 모유와 분유를 먹이는 혼합수유다. 나만 그런가? 별로 도움이 될 것 같지 않다. 경험이 없어서 그런지 뭐가 중요한지 모르겠다. 질문 시간이 있지만 궁금한 게 없었다. 강의 전 나눠 준 프린트와 광고지. 홍보용으로 나눠 준 이유식 통으로 쓸만한 선물을 받아 돌아왔다. 기억에 남는 것은 젖 물릴 때 오 분씩 오른쪽 왼쪽 번갈아 가며 수유하라는 것. 그리고 젖몸살에는 양배추가 좋단다.

집에 돌아와 선배들의 이야기를 찾아봤다. 모유만 먹일 때 장점은 젖병 씻을 필요가 없는 거다. 특히 젖꼭지 세척은 세심하게 해야 한다. 젖병 세척 솔을 따로 판매할 정도다. 분유만 먹인다면 설거지할 거리가 늘어나는 셈이다. 하지만 모유만 먹인다면 출근이 힘들다. 일하러 나가는 엄마들은 갈등하게 된다. 회사에 유축기를 갖고 다녀야 하나. 분유로 대체해야 하나. 아이가 거부하지 않는다면 반반도 좋다. 혼합수유는 양쪽의 좋은 점만 가져오면 되니까.

동생이 열 달 먼저 아기를 낳았다. 출산용품을 고스란히 물려받았다. 젖병, 유축기와 수유브라, 조리원 들어갈 때 필요한 물건들을 챙겨주었다. 내가 언니지만 동생이 언니 같았다. 일하면서 아이를 낳느라 애썼다. 나도 겪어 보니 그제야 알겠다.

11월 막달에 접어들었다. 내가 출산할 산부인과에서는 매달

만삭인 산모를 위한 부부 교실이 열린다. 남편과 함께 출산 교육을 들었다. 진통을 겪는 상황을 연습하는데 모두 얼굴에 행복한 미소를 머금고 있었다. 강사 말로는 힘주는 연습을 하다가 진짜 낳으러 가는 산모도 있다고 했다. 호흡법과 출산 당일 남편의 역할을 알려줬다. 진통이 심해진 산모는 배운 호흡을 써먹기 힘들단다. 남편이 호흡을 유도해야 한다. 부부가 마주앉아 연습했다. 웃음만 나왔다. 진통의 간격에 따라 점점 후, 후, 후. 후후후. 호흡이 빨라진다. 아직 겪어 보지 못한 일이라 가벼운 마음으로 따라 했다.

실전은 연습한 것과는 달랐다. 출산 예정일 전날, 여전히 평온했고 이슬도 비치지 않았다. 예정일 새벽 4시. 여느 때처럼 소변이 마려워 잠에서 깼다. 화장실에 들어가자 '주르륵' 소변이 아니다. 멈추지 않는다. 서둘러 남편을 깨웠다. 양수가 터진 거다. 병원에 전화하니 짐을 싸서 오라고 했다. 11월 초부터 미리 싸둔 가방을 들고 집을 나섰다. 양수는 멈추지 않고 나오고 있었다.

자궁수축이 갑자기 진행되면 수술할 수도 있다. 연습한 호흡법은 써보지도 못하고, 막상 닥치게 되면 아무 생각도 나지 않고 당황하게 된다. 산모 요가, 태교 겸 배운 산모 발레, 산모 교실에서 들은 것들이 나름 나에게 스며들었다. 우선 아이를 건강하게 낳으려면 나부터 챙겨야 한다. 출산까지 긍정적인 마음을 가지도록 도와줬다.

일하는 산모라면 이런저런 교육을 다닐 수 없다. 교육이 필수는 아니지만 필요하기는 하다. 아무것도 모르는 것보다는 두려움이 덜하기 때문이다. 시간이 없다면 책을 찾아봐도 좋다. 출산과 육아에 관한 책이 많다. 꼬리에 꼬리를 물고 알아야 할 것들이 나타났다. 가정, 가사 시간에 배운 게 전부였으니. 육아 정보나 신생아를 돌보는 것 외에도 산후 우울증에도 관심을 가지면 좋겠다. 임산부 때는 배려를 많이 받는다. 하지만 아기를 낳고 조리원을 나오면 상황은 달라진다. 아기 엄마도 돌봄이 필요하다. 몸뿐만 아니라 마음도 돌봐주길 바란다. 책으로 만나는 게 도움이 되기도 했다. 아이를 키워본 혹은 키우고 있는 엄마가 자기 경험을 들려준다. '어머, 나랑 똑같네. 나만 그런 게 아니구나.' 하며 저자와 대화를 나누는 기분이 든다. 직접 수유해야 한다는 집착에 사로잡히거나 모유를 먹이지 못한다고 해서 자책할 필요도 없다. 존재 자체로 멋진 엄마다. 존중받아 마땅하다.

예비 엄마 시절 공부하며 아이 맞을 준비에 온 신경을 쏟았다. 설레기도 하고 무섭기도 하다. 아이를 낳으려니 여러 감정이 교차한다. 걱정된다. 어서 보고 싶기도 하고 기대되기도 한다. 건강하게 잘 낳기를 기도했다. 가장 중요한 건 마음이다. 출산 전에는 낳을 수 있다는 자신감만 있다면 충분하다. 처음은 누구나 아무것도 모른다. 천천히 배워갔다. 완벽하게 할 수 없다. 그저 지금 할 일을 하며 알차게 보낸다. 아이가 없는 조용한 집을 즐기며.

6
.....

자연주의 출산에 대해

난임에 대한 걱정이 사라졌다. 그 대신 다른 걱정이 생겼다. '어떻게 하면 아기를 잘 낳을 수 있을까?' 막연하고 두려웠다. 먼저 아이를 낳은 경험이 있는 친구가 말했다.

'죽는 줄 알았다.' 이 한마디로 짐작되었다. 고통 없이 아이 낳기, 세상에 처음 나오는 아기를 위한 아름다운 출산은 없을까?

놀이터에서 아이들이 놀고 있다. 근처에 있는 어린이집 하원 시간이다. 집으로 돌아가기 전 놀이터에서 한바탕 놀고 간다. 미끄럼틀을 타고 시소도 탄다. 그러다 흙을 파고 나뭇잎을 주워 뭔가 만들며 좋아한다. 다양한 아이들. 제각각 놀 듯 태어날 때도 모두 다른 방법으로 태어난다.

주위에 아기 엄마들의 출산 사연을 들으면 같은 사람이 하나도 없다. 태아가 내려오지 않아 제왕 절개하는 산모. 아기가 거꾸로 있어서 갑자기 수술한 사람도 있고 피가 멈추지 않아 구급차를 타고 대학 병원으로 간 사람도 있었다. 진통 별로 없이 몇 번 힘주고 아기를 낳은 대단한 엄마도 간혹 있다. 수술하지 않고 아이를 낳는 게 소망이 되었다.

산후조리원이나 육아용품에만 신경 쓰는 것보다 아름다운 출산에 초점을 맞추는 게 중요하다. 내가 알던 출산은 자연분만과 제왕 절개, 두 가지 분만법이다. 출산에 대해 찾아보니 '자연주의'라는 단어가 눈에 들었다. 자연분만, 자연주의 출산. 같아 보이지만 다르다. 자연주의 출산에는 수중분만, 르봐이예 분만, 라마즈 분만이 있다. 일반적인 분만이 아니라 모든 병원에서 진행하지 않는다. 수중분만은 아기가 양수에 있는 환경을 비슷하게 만들어 주는 방법이다. 2000년 SBS에서 '생명의 기적'이라는 다큐멘터리를 방영했다. 뮤지컬 배우 최정원 씨가 수중분만으로 출산하는 장면이 화제가 되었다. 후에도 작곡가 주영훈 부부도 아이들을 수중분만으로 낳았다. 그리고 개그우먼 정주리 씨도 아이들을 그렇게 낳았다. 아이를 낳는 방법, 산모는 선택해서 준비할 수 있다. 우선 고통 없이 낳고 싶다. '자연주의 출산'이라 한다. 최대한 자연스럽게 아기를 낳게끔 도와준다. '자연스럽게'라는 말이 우아하게 다가왔다. 고통 감소에도 탁월하단다. 게다가 3대 굴욕을 일컬어지는 '관장, 제모, 회음부 절개'를 하지 않는다. 무통 주사도 맞지 않는다. 꼭 필요한 상황에만 의료진이 개입한다. 병원에서만 출산한다는 고정관념도 깨고 있다. 매력적으로 다가온 자연주의 출산. 책《평화로운 출산 히프노버딩》을 주문했다. 아이를 낳기 전 임신과 출산에 관한 이야기, 운동과 호흡법을 안내하고 있다. 출산이 임박하면 아기가 스스로 나올 수 있다는 믿음을 가지고 마음을 준비한다. 부부가 같이 준비하고 아기를 맞이하는 것이 가장 중요하다. 경험한 부부들은 이렇게 말한다.

'정말 축복받은 순간이었고, 아름다운 경험이었다.'

죽을 만큼 힘들지 않고 아름다운 출산을 할 수 있다니. 두려워하는 어두운 마음에 빛이 들었다. 하지만 책에 나오는 대로 똑같이 따라 할 수는 없었다. 상황이 다르다. 자연주의 출산하려는 산모가 없는 건지 도움을 청하거나 상담할 수 있는 병원이 드물다. 수중분만이 가능한 병원은 집에서 한 시간 걸리는 곳에 있었다. 긴급한 상황이 생길 수도 있어 먼 병원은 피해야 한다. 차로 십오 분 정도 걸리는 거리에 산부인과가 새로 생겼다. 가족 분만실을 운영하니 그걸로 만족했다. 출산이 임박하면 다른 곳으로 이동하지 않는다. 진통과 출산을 같은 곳에서 한다. 산모와 태어날 아기, 모두 배려해 주는 분위기다.

아기를 편안하게 맞이하기. 나에게 맞는 방식으로 준비할 수 있는 세 가지를 뽑아 보았다.

첫 번째는 호흡과 이완을 연습하는 거다. 라마즈 호흡. 내 안의 아기를 느끼며 명상했다. 조용히 소파에 앉아 있으면 태동이 느껴진다. '쿨렁'하며 움직이는 배는 신비롭기만 하다. 캄캄하지는 않을까? 편안한가? 내 의지와 상관없이 아이는 움직였다. 호흡 연습하며 온전히 아이를 느낀다. 아기를 낳을 때도 통증을 줄여준다니 열심히 연습해 본다.

두 번째는 3대 굴욕 중 하나를 해결하는 것이다. 제모. 산모들이 고통을 호소하는 것 중 하나다. 제모의 이유는 회음부 절개, 봉합을 위해서라고 한다. 그래서 미리 왁싱을 하는 산모들이 많아졌다. 정보는 인터넷카페에 예비 엄마들끼리 공유한다.

세 번째는 운동이다. 몸 상태에 따라 다르기는 하다. 과한 움직임이 안되는 산모도 있다. 담당 의사와 상의하는 게 필수다. 세 가지 중, 가장 많은 시간을 썼다. 운동신경도 없고 근육을 거의 쓰지 않고 살았다. 그 덕에 운동이 아니라 고문이었다. 개그 콘서트에서 나오는 옛날 유행어 '자연분만! 모유 수유!'를 외치듯이 운동했다. 첫 수업을 하고 걸을 수 없을 정도였다. 점점 능숙해졌다. 예정일이 될 때까지 빠지지 않고 나갔다. 점점 몸이 무거워진다. 매일 아침 몸이 다르다. 그럴수록 스트레칭하고 운동하면 상쾌했다. 산전 관리를 어찌했는지에 따라 산후 회복이 다르다. 나를 위해 멈추지 않았다. 자연분만을 원해도 하지 못할 수도 있다. 태아의 상황에 따라야 하기 때문이다. 그래도 운동하며 체중 관리한 산모는 회복이 빠르다. 자연분만이든 제왕 절개든 몸 관리는 출산의 두려움을 조금이나마 줄여주었다. 자신감도 생겼다.

처음이라 무섭고 나 혼자 감당해 낼 수 있을지, 죽는 건 아닌지 오만가지를 상상한다. 기억을 더듬어 보면 매번 처음을 겪었다. 앞니가 처음 빠진 날. 초등학교 입학하던 날. 성인 되어도 마찬가지다. 유럽 배낭여행 가기 전. 몇 달 전부터 준비했다. 여행책을 보고 일정을 짠다. 여행을 위해 돈도 모아 두었다. 이래서 갈 수 있을까? 막막했지만 공부하고 선배 여행자의 조언을 들으니 길이 보였다. 어느 나라로 들어가서 어디로 갈 것인지 정해지자, 그다음 뭐 할지가 나온다. 한 달 여행 준비를 꼼꼼하게 한다고 해도 부족할 거다. 그때그때 필요한 물건은 현지에서 사서 쓰는 게 현명하다. 하지만 신발은 세 켤레를 가져갔다. 225mm, 발에 맞는 신발을 살 수 있을지 몰라서다. 나에게 맞는 여행. 맞춤 여행은 내가 짜는 게 최고다. 나만큼 나를 아는 이는 없으니까.

아기를 낳는 축복이자 선물. 마음먹기가 중요하다. 불안한 감정은 꼬리에 꼬리를 물고 걱정을 불러온다. 누가 대신해 줄 수도 없다. 불안한 마음이 어디서 비롯되는지 하나씩 적어본다. 그리고 해결 방법을 찾는다. 아이를 온전히 느끼는 호흡, 내 몸 상태를 알 수 있는 운동으로 열 달을 채웠다. 평온을 깨뜨리는 무언가를 할 수 있는 것부터 지워나간다. 하루를 완성해 나가다 보면 아이를 만날 수 있다. 예비 부모에게 대부분 주어지는 열 달. 품고 기다리는 시간은 다시 돌아오지 않는다. 유행에 휩쓸리기보다는 내 안의 뿌리에 집중한다. 내가 단단해져야 평화로워진다. 요즘 좋다는 무언가들이 나에게는 맞지 않을 수 있다. 지금 주어진 소중한 시간을 만끽하며 준비하고 대비한다. 점점 자신감이라는 나무가 자란다. 나는 건강하게 아기를 낳을 수 있다.

7

노산이니까 더 운동

안정기에 접어들었다. 오 분 거리 국민 체육센터에 회원 등록하러 갔다. 예전부터 운동하러 가야겠다는 마음은 먹었다. 프로그램도 다양하게 있지만 여러 핑계를 대며 몸을 쓰는 일에는 거리를 두었다. 퇴근 후는 힘들고 휴일은 쉬고 싶다. 결혼 후, 더욱더 담을 쌓고 살았다.

일주일에 운동을 며칠 하는가? 몇 시간 몇 분 하나? 건강검진을 할 때마다 받는 질문이다. '거의 하지 않는다.'가 대답이다.

운동신경이 없다. 자전거도 타지 못하고 즐기는 스포츠도 없다. 그나마 결혼하기 전에는 헬스클럽에 등록하긴 했다. 일주일에 두어 번 가는 게 전부였지만. 땀 흘리며 열심히 하지는 않았다. 개인 트레이너 없이 하려니 힘들지 않을 만큼만 한다. 혼자 하는 운동은 나에게 맞지 않았다.

동네, '육아카페'에서 정보를 얻었다. 체육센터에서 산모들을 위한 강좌가 있단다. 선착순으로 등록하니 서두르라고 했다. 한 달 삼만 원대로 수강이 가능하다. 시간표를 확인하니 산모 요가 수업은 일주일 두 번 또는 세 번. 나는 두 번 듣는 수업을 선택했다. 일주일에 한 번은 부천으로 간다. 태교 발레 하기 위해서다. 요가 첫 시간, 쭈뼛쭈뼛 매트를 들고 자리를 잡았다. 다른 산모들의 배의 크기를 보니 나보다 선배다. 내 배는 아직 멀었다. 뒤쪽으로 자리를 잡았다. 자기들끼리 친해 보이는 사람도 있다. 스트레칭으로 수업을 시작한다. 몸을 늘이니 시원했다. 본격적인 동작을 하는데 몸이 말을 듣지 않는다. 욕이 나올 지경이었다. '임산부인데 이런 걸 시키나?' 주위를 힐끔 보니 다른 산모들은 잘 따라 하고 있었다. 강사가 자문자답한다. "이렇게 과격해 보이는 동작 임산부가 해도 될까요? 그럼요."

힘든 동작을 해도 태아에게 괜찮다니 의아했다. 임신한 사람은 운동도 하면 안 되고 움직임도 과격하지 않게 해야 하는 줄 알았다. 산모 요가. 내 생각과는 달랐다. 몸의 유연성을 길러주고 부종을 예방하는 정도로만 생각했다. 매번 수업이 끝날 무렵, 불을 끄고 누워서 명상한다. 그 시간을 위해 고통을 참았다.

막달이 되었다. 출산하게 될 병원 문화센터 요가 수업을 신청했다. 부천까지 가야만 하는 발레는 그만두었다. 만약을 대비해서다. 혹시 운동하다가 진통이 와도 바로 출산할 수 있다. 담당 의사가 있는 병원이라 걱정이 없다. 자주 가는 곳 친숙한 이미지로 만들어 장소에 대한 두려움을 없앴다. 은은한 조명, 편한 소파. 무서운 곳이 아니다.

한 달도 남지 않은 출산 예정일. 달이 바뀌자, 날이 갈수록 같이 요가 하던 산모들이 나오지 않았다. 인사도 나눌 시간조차 없었다. 나의 예정일은 26일. 예정일은 예정일일 뿐이다. 좀 더 일찍 나오거나 조금 늦어질 수 있다. 매주 소망이 바뀌었다. 처음에는 37주 넘겨서 아이가 나오길 바랐다. 아기의 폐 건강을 위해 37주까지는 품고 있었어야 한다. 둘째 주에는 아기가 내려오길 바랐다. 셋째 주에는 이슬이 비치기를 기다렸고 마지막 주에는 아기 만나기를 바랐다.

일주일 남았다. 배 뭉침이 더 묵직하게 느껴졌지만, 다른 징후는 없었다. 이슬이 비치는 일도 없었다. 산부인과 검진을 가는 날이다. 아직 아기가 나올 준비가 덜 되었다고 한다. 배는 겉으로 보기에도 아래로 처지지 않았다. 담당 의사는 급하지 않은 말투다.

"일주일 더 기다려 봅시다."

집으로 가는 버스를 타지 않고 걸었다. 11월이지만 따뜻해서 걷기 좋았다. 30분을 걷다 버스 정류장에 멈추었다. 너무 무리하면 내일 나가지 못하니 그만 걷기로 했다.

일주일 후, 양수가 터졌다. 병원에 전화를 걸어 물어보니 얼른 오라고 했다. 예약해 둔 외래 진료가 필요 없어졌다. 준비해 둔 출산 가방을 들고 차를 탔다. 남편과 둘이 병원으로 갔다. 셋이 되어 집으로 돌아왔다.

출산은 체력이다. 젊고 근력이 좋은 사람은 아이도 잘 낳는다. 아니면 골반이 튼튼해야 한다. 나는 어느 것도 해당이 되지 않는다. 할 수 있는 것은 체력 기르기이다.

'나이는 숫자에 불과하다.' 하지만 산부인과에서는 특별히 검사를 더 해야 하는 대상이다. 유산이나 조산기가 있는 산모는 몸조심해야 한다. 엄마나 태아 모두 건강한 상태라면 적당한 운동을 하는 게 좋다. 노산을 운동으로 극복하기로 했다. 사람마다 다르겠지만 나는 이런 점들이 도움 되었다.

일단 우울증이 별로 없었다. 큰 축복인 임신. 하지만 출산에 대한 두려움, 호르몬 변화 등으로 인해 우울증을 겪는 산모도 있다. 운동하면 나오는 호르몬 '베타엔도르핀'이 우울증을 감소시킨다고 한다. 임신 기간 동안 우울했던 날이 별로 없었다. 운동의 효과가 아닐까.

두 번째는 체중 증가로 인한 허리 통증을 감소시켜준다. 점점 앞으로 커지는 배. 허리에 무리가 가는 것을 조금은 막아준다. 덕분에 막달까지 허리 통증을 별로 느끼지 못했다.

세 번째는 변비 예방이다. 태아가 자라면서 장기를 누르게 된다. 평소에 변비가 없어도 장 기능에 문제가 생길 수 있다고 한다. 가벼운 운동을 꾸준히 하면 장 기능을 활발하게 해준다.

네 번째는 스트레칭이다. 임산부의 몸은 태아 무게의 영향을 받아 근육이 긴장하게 된다. 유연성 향상을 위한 스트레칭을 하는 게 중요하다. 근육이 긴장한 상태로 있으면 마사지를 받아도 그때뿐이다. 무리하지 않고 할 수 있는 만큼 스트레칭을 하면 통증을 감소시킬 수 있다. 고양이 자세는 요즘도 하고 있다.

마지막은 자신감을 얻을 수 있다는 점이다. 몸을 움직이는 동안은 잡념이 사라지고 몸에만 집중할 수 있다. 별 탈 없이 출산할 수 있기를 기도하고 자신감을 불어넣었다. 열 달 품었던 아이에게 주는 첫 번째 선물. '미생물 샤워'를 통해 면역력을 선물하리라.

임신 기간에는 움직임을 최소화하고 조심하며 지내야 하는 줄 알았다. 하지만 휴식만큼 운동도 중요하다. 체력과 근력이 있어야 임신 기간을 버틴다. 노산일수록 운동은 필수다. 출산 후에는 내 몸만 돌보기가 불가능하다. 제왕 절개이든 자연분만 이든 운동은 빠른 산후 회복에도 도움이 된다. 나이 탓만 하지 않기로 했다. 몸이 무거워 귀찮아도 기꺼이 운동화를 신는다.

8

출산의 두려움

예정일 새벽 4시 반. 어김없이 화장실에 가려고 일어났다. 바지를 내리는 순간 주르륵 쏟아졌다. 급하지도 않았는데, 주르륵 계속 흐른다. 내가 실수한 게 아니다. 양수다. 양수가 터지는 이유 중 하나, 출산이 다가왔다는 신호다. 샤워를 언제 하게 될지 모르니 일단 씻었다. 세균 감염 위험이 있으니 대충 씻는 둥 마는 둥 했다. 남편을 깨우니 벌떡 일어난다. 미리 싸둔 짐을 가지고 병원으로 향했다. 아직 해가 뜨기 전이라 어두웠다. 처음보다 새는 양이 줄었지만 한번 터진 양수는 멈추지 않았다. 배가 당기는 느낌은 거의 없었다. 진통도 전혀 느껴지지 않았다. 양수가 먼저 터지고 아기가 나올 기미가 없으면 수술

해야 할 수도 있다. 새벽이지만 병원은 환했다. 간호사가 대수롭지 않게 맞아 주었다. 담당 의사가 출근 전이라 기다려야 했다. 기다리는 동안 검사를 진행했다. 진통 측정해 보더니 수치상 진통이 시작되고 있다고 했다. 내가 둔한 건지 여전히 아무런 느낌이 없었다. 드디어 9시 담당 의사가 내 병실로 왔다. 구세주가 나타난 듯 눈물이 났다.

"선생님!"

나를 어린아이 달래듯이 토닥여 줬다. 아무런 조치를 해주지 않아도 안정제를 맞은 듯 편안해졌다. 양수가 터져 유도분만을 해야만 했다. 3대 굴욕 중 하나인 관장을 해야 한단다. 집에서 볼일을 보고 나왔다고 말해 봤자 소용없었다. 10분을 참으라고 했는데 2분도 참을 수 없었다. 무통은 맞지 않겠다고 했으나 간호사는 "아마 맞게 될 거예요." 하며 바늘을 꽂았다. 내가 계획한 아름다운 출산은 양수가 먼저 터지며 사라졌다. 아기가 나올 기미가 없어 남편에게는 출근하라고 했다. 촉진제를 맞으며 기다렸다. 양수가 새고 있어 패드를 갈아달라고 호출했다. 버튼을 누르고 말할 때만 해도 제정신이었다. 서서히 진통이 시작될 줄 알았으나 예고 없이 급작스럽게 시작되었다. 간격이 급격하게 줄어들어 쉴 틈 없이 조여왔다. 연습한 호흡은 소용없었다. 게다가 도와줄 보호자도 없다. 이렇게 급격하게 진통이 오는 줄은 상상하지 못했다. 침대를 부여잡고 새우처럼 몸을 웅크렸다. 어떤 자세를 해도 도움이 되지 않았다. 허리가 끊어진다는 말이 뭔지 알 것 같았다. 몸이 주체가 되지 않아 침대에 매달려 주먹으로 허리를 두들겼다. 간호사가 들어와 보더니 그러다 떨어진다며 야단이다. 허리 두들기면 아기는 더 힘들다고 하지 말라고 한다. 남편이 돌아왔다. 등을 쓸어줬다. 안절부절 한 손길이 느껴졌다. 촉진제를 맞은 덕분인지 서서히 아이를 느끼는 진통은 꿈도 꾸지 못했다. 점점 크게 진행되는 크레셴도가 아니다. 베토벤의 '운명'처럼 쾅 쾅 쾅 쾅 울리고 한 박자 쉬고 또 쾅 쾅 쾅 쾅 진통이 강렬했다. 이분마다 오는 진통으로 정신 차릴 수가 없었다.

'왜 이렇게 아프지? 간격이 서서히 줄어든다고 했는데. 나는 왜 이렇게 계속 진통이 쉬지 않고 오지?' 욕이 나올 거 같았다. 몸을 배배 꼬고 있는 나를 보며 간호사는 똑바로 있으라며 나무란다. 무통 주사를 왜 맞은 것인가. 났다는데 무통 천국은 없었다.

오후 세 시가 넘어가니 힘주기를 연습해 보자고 한다. 차라리 힘을 주니 진통이 덜 느껴졌다. 아기가 다 내려왔다고 좀 더 힘을 내보라고 한다. 오후 다섯 시 반이 지나 아기가 세상 밖으로 나왔다. 양수가 터진 지 열세 시간 만에 아기를 만날 수 있

무작정 육아

었다. 양수가 터져도 자연분만을 할 수 있어 감사했다. 후처리가 남아있어 아이를 낳고도 한참 걸렸다. 시계를 보니 일곱 시가 넘었다. 모든 게 끝나고 혼자 침대에 누워있었다. 왕왕대던 주위가 고요했다. 불룩한 배는 그대로지만 찢어질 듯한 진통이 없어졌다. 종일 한 끼도 먹지 않았지만 아무렇지 않았다.

태아가 자라는 40주. 처음 아기의 존재를 알고 아무 말도 하지 못했다. 혹시나 사라지는 건 아닌가. 심장 소리를 들을 때까지 기쁨을 감췄다. 뱃속에서 잘 자라서 건강하게 태어나 주기만 바랐다. 두려움과 고통보다는 희망이 가득했다.

임신 초기에는 몸의 변화를 느끼지 못했다. 입덧이 심하지 않았다. 드라마에서 보던 헛구역질도 없었다. 속이 약간 메슥거릴 뿐이었다. 국물 있는 음식을 먹으면 좋아졌다. 그때 쌀국수를 많이 먹어서 그런지 윤이가 최고 좋아하는 음식은 쌀국수다. 그러다 갑자기 어지러웠던 날이 있었다. 눈앞이 핑 돌고 식은땀이 났다. 잠시 앉아서 쉬고 나니 증상이 사라졌다.

후기에 접어들던 어느 날 아침, 방바닥과 천장이 뱅글뱅글 돌았다. 술에 취했을 때도 경험하지 못한 어지러움이 한동안 지속되었다. '이러다 넘어져 큰일 나겠다.' 일단 침대에 누웠다. 산모 수업에서 배운 호흡을 천천히 하며 눈을 감았다. 뱅뱅 도는 느낌은 사라지지 않았다. 임신 중 어지러운 증상은 흔하다고 한다. 원인과 대처 방법을 몰랐다. 미리 알아두었다면 불안하지 않았을 터다. 출산이 다가오니 다른 산모들의 후기가 궁금해졌다. 검색창에 '출산 후기'를 검색하면 후기가 쏟아진다. 아기를 낳은 것은 같지만 사연은 모두 달랐다. 미묘한 마음이 교차한다. 정보를 공유해 준 동료 엄마들이 고맙다. 전치태반, 역아, 양수 터짐, 유도분만 시도 후 제왕 절개. 자연분만으로 낳고 싶다고 해도 상황에 따라 수술할 수도 있다. 그 누구의 탓도 아닌 어쩔 수 없는 일이다. 자연분만을 고집하다가 산모와 태아 모두 위험할 수도 있다. 미리 공부해 두면 빠른 대처가 가능하다. 출산의 두려움을 없애지는 못한다. 적어도 줄어들게는 할 수 있다.

첫째로 임신 기간 동안 일어날 수 있는 일들을 알아봤다. 무리하지 않기, 무조건 쉬기가 제일 눈에 들어온다. 임신 중기는 대체로 활동하기 편한 시기다. 중국어를 배우러 인천에서 강남까지 공부하러 다니기도 했다. 막달로 접어들어 출산 가방을 쌌다. 언제라도 출산 징후가 있으면 나갈 수 있게 준비해야한다. 자연주의 출산을 알아보며 공부한 것이 도움이 되었다. 임신과 출산에 대해 알아두면 두려움이 조금은 줄어든다. 불면증이 생기기도 한단다. 다행히 나는 잠이 많은 편이라 불면증으로 고생하지는 않았다. 다만 소변이 자주 마려워 푹 자기 힘들었다. 커진 자궁이 방광을 누른다. 아기가 잘 자라고 있다는 증거이기도 하다.

둘째는 운동을 늦추지 않는 것이다. 나는 운이 좋았다. 긍정의 힘을 심어주는 강사를 만나 순산할 수 있다는 긍정 에너지를 받았다. 여섯 달 동안 꾸준한 수업 들은 덕분에 자신감이 붙었다. 마지막까지 매일 걷고 산모 요가 수업을 빠지지 않았다.

셋째는 낯선 출산 환경에 적응하기다. 병원이 무섭게 느껴질 수 있다. 영화에서 산모가 수술대에 누워있는 장면을 본 기억이 난다. 환한 조명과 수술실 분위기는 편안함이라고는 찾아보기 힘들다. 요즘은 가족 분만으로 출산하는 병원이 많아졌다. 태아를 인격적으로 대하고 산모가 수술실로 이동하지 않고 진통과 출산을 같은 공간에서 진행한다. 출산 예정일이 다가오는 산모를 대상으로 산부인과를 둘러보게 해줬다. 내가 출산하게 될 가족 분만실과 신생아실을 볼 수 있다. 상상만 하기보다 직접 확인하니 마음이 놓인다. 코로나19로 상황이 바뀌어 직접 가서 보지 못한다면 선배 산모들이 올린 후기를 참고해도 좋다. 정기 검진 가는 날이라도 꼼꼼히 물어보고 둘러보길 바란다. 담당 의사에게 의지하는 것도 도움 되었다.

두려움은 실체가 없는 허상이라고 한다. 생각하다 보면 근심만 커지기 마련이다. 아이를 낳기 전 진통의 정도가 어느 정도 인지 가늠조차 하기 힘들다. 두려운 감정에 휘둘리지 말고 진통이 왔을 때 도움이 되는 호흡을 하며 느껴보길 바란다. 다시 돌아오지 않을 시간. 기쁘게 아기를 만나기 위해. 임신과 출산, 육아 누구나 처음이다. 막막함이 없을 수는 없다. 사람들이 아이를 낳고 살아가고 있으니 나도 할 수 있다고 믿는다. 몸을 움직여 잡념을 지웠다. 때가 되니 아기가 나왔다.

무작정 육아

제3장

잘 키울 수
있을 거란
착각

1
.....

기저귀가 없어

진한 냄새가 풍겼다. 속싸개 냄새를 맡아보니 응가가 분명했다. 호기롭게 방수 매트에 아기를 눕히고 속싸개를 풀어보니 그동안 보지 못한 똥이었다.

"앗!"

나도 모르게 비명이 나왔다. 조리원에서는 종일 아이랑 있지 않으니 똥 기저귀를 갈아줄 일이 없었다. 똥을 쌌어도 여사님께 부탁하며 갈아달라고 했다.

"어떡해! 나 기저귀 갈아주는 거 못 해!"

오줌 기저귀는 갈아 봤지만 응가는 처음이었다. 아기 엉덩이 씻기는 방법을 배워뒀어야 했다. 설상가상으로 집에 있는

무작정 육아

기저귀라고는 천으로 된 기저귀밖에 없었다. 남편은 집에 오자마자 마트로 갔다. 보름 동안 조리원에서 쓰던 짐 정리는 손도 대지 못했다. 조리원에서 퇴실할 때 비상용으로 챙겨준 기저귀가 생각났다. 보일러를 틀어도 방바닥은 미동도 없다. 아기 엉덩이를 축축한 채 마냥 둘 수 없었다. 조리원에서 나올 때 새로 입힌 하얀 배냇저고리도 멀쩡하지 않다. 갈아입혀야 했다. 출산 전 미리 빨아 둔 배냇저고리를 꺼냈다. 씻기기만 하면 된다. 목욕을 혼자 시키기가 겁이 났다. 아기 목욕시키기도 눈으로만 배웠다. 남편이 돌아오면 목욕물을 받아 달라고 할 참이었다. 엉거주춤 아기를 안고 화장실로 갔다. 세면대에서 부산스럽게 엉덩이만 닦었다. 기저귀를 채우고 배냇저고리를 입혀 속싸개를 쌌다. 거실 바닥에 물티슈가 수북했다. 처음 쓴 방수 매트도 누렇게 물들어 있었다. 기저귀를 꼭꼭 싸서 버리고 한숨 돌렸다. 윤이는 자기 집인 줄 아는 모양이다. 평온한 얼굴로 잠이 들었다. 소파에 앉아서 보니 물티슈가 눈에 띄게 줄어들었다.

산후조리원에서 몸조리는 잘했다. 집에 돌아갈 즈음 회음부도 아물어서 앉기도 수월해졌다. 도넛 방석 없어도 괜찮았다. 골반 교정기는 퇴실하기 전날이 되어서야 할 수 있게 되었다. 오로도 서서히 줄어들었다. 무엇보다도 출산하자마자 엎드리는 자세가 가능해져 신기했다. 조리원 일정은 바빴다. 산후 마사지, 산후 요가, 한의원 진료, 가슴 마사지, 꽉 차 있었다. 14일 간 제대로 누렸다. 그때는 실감하지 못했다. 조리원을 왜 천국 이라고 하는지.

윤이가 잠이 들면 가끔 텔레비전을 본다. 채널을 여기저기 돌렸다. 볼만한 프로그램이 없다. 그러다 시선을 끄는 장면이 나와 누르던 리모컨을 멈췄다. '슈퍼맨이 돌아왔다'에 제이쓴 씨가 아들을 안고 있다. 밝은 거실이 따뜻해 보인다. 흰색 소파가 있는 거실은 넓었다. 부피가 큰 육아용품이 있어도 공간이 여유롭다. 일명 '국민 육아 아이템', 모빌이 눈에 띈다. 아들 기저귀를 갈아 주기 위해 거실에 눕혔다. 기저귀를 살펴보더니 기겁한다. 응가를 한 모양이다. 갈아주려 고군분투한다. 입고 있던 흰 티셔츠에 누런 물이 들었다. 아기 엉덩이를 씻기는 게 아니라 여기저기 오염 시키는 장면이 낯설지 않다. 내가 처음 응가 기저귀를 갈던 모습이 떠올랐다. 초반 인터뷰에서 '잘할 수 있어요.' 당당하게 말하던 모습은 없고 지친 모습이 화면에 비쳤다.

임신 중기부터 필요해 보이는 육아용품을 샀다. 선배 엄마들이 블로그에 공유한 출산용품 리스트를 참고했다. 아기 침대, 매트리스, 기저귀와 작은 물건을 정리할 수 있는 트롤리는 이케아에서 샀다. 철분제는 직구로 구매했다. 모유 저장 팩도 출산용품 리스트에 있어서 같이 주문했다. 젖병은 선물로 받았다. 조카가 타던 신생아용 유모차, 바구니 카시트를 물려받아 살 게 별로 없었다. 아기 세탁기가 있으면 편하다고 해서 아기용으로 작은 세탁기를 설치했다. 가제 수건은 미리 빨아 두라는 조언을 듣고 전부 빨아 차곡차곡 접어놨다.

아이를 먼저 키우던 친구가 천 기저귀가 좋다고 했던 말이 생각났다. 천 기저귀를 검색했다. 내가 아기였을 때는 일회용 기저귀가 거의 없었다. 쌍둥이 동생 기저귀를 빠느라 엄마의 고생이 이만저만이 아니었을 것이다. 노란 고무줄로 고정한 기저귀만 찬 채 찍은 사진이 내 사진첩에 있다. 걷지 못하는 때라 구석 벽에 기대어 서 있는 모습이다. 천에 오줌을 누면 금방 축축해진다. 덕분에 빨리 기저귀를 뗄 수 있었다고 한다. 그만큼 빨랫감이 없어지니 양육하는 엄마에게 반가운 일이 아닐 수 없다.

일회용이 대세인 요즘에도 천을 사용하는 엄마들이 있다. 천의 장점은 아기 피부에 좋고, 경제적이며 환경친화적이다. 기저귀를 뗄 때도 거부감이 없다. 장점이 많다. 더 생각할 것 없이 대나무 무형광으로 주문했다. 방수되는 땅콩 기저귀도 미리 준비했다. 트롤리에 가제 수건과 천 기저귀를 가지런히 두었다.

물건만 주문해 둔 게 문제다. 사용 방법을 몰랐다. 채우는 방법을 배워야 한다. 아무리 좋아도 사용할 줄 모르면 쓸모가 없다. 아이에게 채워보니 뭔가 이상하다. 오줌이 밖으로 샐 거 같아 보인다. 막상 현실에 닥치니 천 기저귀는 엄두가 나지 않았다. 젖 먹이기도 서투른데 기저귀까지 빨아야 한다는 생각에 어질해진다. 아이에게 좋은 것을 주고 싶었지만 천 기저귀는 포기했다.

남편이 사 온 일회용을 채우며 기저귀 문제는 일단락되었다. 천 기저귀는 목욕시킨 후 쓰기 좋았다. 물기 흡수가 잘 된다. 열 장만 사두길 잘했다.

출산 직후 배는 출산 전으로 보인다. 침대에 배를 깔고 엎드려 보니 알겠다. 아기 낳은 게 확실하다. 양수가 먼저 터졌어도 자연 분만할 수 있어 감사했다. 오로가 나오고 있어서 불편했다. 그래도 초유를 먹일 수 있어 감사했다. 아기를 낳고 몸의 변화가 생겼다. 힘을 잘못 줘서 얼굴과 목, 눈에 핏줄이 터졌다. 내가 어떤 얼굴인지 모르고 있었다. 친한 후배가 말해줘서 그제야 거울을 봤다. 발목은 코끼리 같았다. 어느 순간 보니 붓기가 사라졌다. 젖은 아이가 먹을 만큼 나왔다. 몸은 점점 육아에 맞춰가고 있었다.

이제 나와 아이에게 맞는 육아관을 찾아야 한다. 의지만 앞
섰다. 잘할 수 있을 거라 착각했다. 남들이 좋다고 하니까. 그
냥 좋아 보이니까. 따라 사기 급급했다. 육아는 긴 여정이다.
멀리 바라봐야 한다. 무리하지 않는 나만의 육아 스타일. 천천
히 알아간다. 길을 잘못 들었다면 돌아가면 된다.

나에게는 쓸모가 없어진 물건들. 사진을 찍어 동네 육아카
페에 글을 올렸다. '필요하신 분 드립니다.' 나눔으로 새 주인을
찾았다. 지금도 실패한다. 예전보다는 무모하지 않길 바랄 뿐
이다.

내 나이는 38(?)세 엄마 나이는 0살

나이가 많아도 아기 키운 경험이 없다면 아무것도 모르기 마련이다. 그러기에 엄마 나이는 0살이다. 신생아란? 갓 태어난 아기. 생후 4주간 동안을 신생아라 말한다. 아기 키우기에 대한 지식 없이 아기만 낳았다. 낳기만 하면 알아서 큰다는 말을 믿었다. 알아서 크는 아이는 없었다. 엄마의 피, 땀, 눈물이 섞여야만 한다. 출산할 때 흘리는 피와 땀, 눈물이 기본에 사랑이 더해진다. 엄마 나이를 먹을수록 엄마다운 모습을 갖춰간다.

모르는 사람과 이야기하기. 예전에는 상상할 수 없었다. 길

무작정 육아

을 몰라도 물어보지 않고 혼자 해결했다. 낯선 사람이 말을 걸어오는 게 싫어서 못 들은 척하거나 눈길을 피했다. 낯가림이 심한 사람이 엄마가 되었다. 조금씩 달라졌다. 아이를 안고 길을 헤매면 더 힘들어진다. 먼저 도움을 청한다. 비슷한 개월 수 아기를 보면 아는 척을 하기도 하고 대화를 나눈다.

조리원에 처음 입소한 날. 동기가 세 명 있었다. 그중 한 명은 모유를 먹이지 않을 거라 수유 요청을 하지 말라고 한다. 다른 산모도 조리원 동기가 별로 필요 없는 듯했다. 나도 굳이 친해지기 위해 애쓰지 않았다. 일정이 꽉 차서 심심할 틈도 없다. 다만 점심, 저녁을 혼자 먹는 게 외로울 뿐이었다. 첫날은 텔레비전을 보거나 스마트폰을 만지작거리며 밥을 먹었다. 다음날, 점심을 먹으러 식당으로 올라갔다. 아는 얼굴이 보였다. 한걸음에 다가가 말을 걸었다. 병원 문화센터에서 산전 요가 같이 하던 만나고 싶은 사람이었다. 예정일 비슷해 금방 말이 통했다. 둘째를 임신 중이라 조언도 해줬다. 출산 전 주말에 친구들을 만나러 간다고 들떠 있었다. 그날 이후로 모습을 볼 수 없었다. 전화번호도 몰라 궁금했었다. 알고 보니 부부 출산 교육 힘주기 연습하며 진통이 왔다고. 덕분에 예정일보다 2주 먼저 출산했다고. 친구들과 놀지도 못했다며 그동안의 이야기를 해줬다. 자신은 내일 퇴소한다고 몸조리 잘하라고 격려해 줬다. 만나자마자 이별이다. 이제 군산으로 돌아간다고 했다. 첫째를 맡길 데가 없어서 시댁이 있는 인천까지 온 것이다. 마음이 통하는 친구를 또 만날 수 있을까? 하던 참에 누군가 말을 걸어왔다. 나보다 며칠 먼저 들어왔다. 밥도 같이 먹고 1층에 있는 한의원도 같이 가고 요가 수업도 함께 받았다. 나이도 다르고 사는 곳, 하던 일, 같은 점이 하나도 없다. 초보 엄마라는 이름으로 친구가 되었다. 팔 년째 연락하며 만나고 있다. 육아 동지는 심리적으로 도움이 된다. 많은 사람과 어울리기 힘들다면 적어도 두 명은 친구가 있으면 좋겠다. 낯가림이 심하던 내가 엄마로 태어났다. 올해 엄마 나이 여덟 살이다.

초유가 좋다는 말은 많이 들어봤다. 나도 아가에게 좋은 것만 주고 싶다. 모유 수유 예찬론자는 아니라도 초유는 먹이고 싶었다. 도넛 방석에 앉아 아기에게 젖 먹일 자세를 취해봤다. 젖을 빨지 않고 잠만 잔다. 깨울 수가 없다. 아기를 꼬집을 수도 없고 흔들어도 잠만 잘 잔다. 얼굴을 간지럽히고 귀를 만져보지만 여전하다. 배고픈 게 아니라 엄마 품에 안겨 잠을 자고 싶은 것인가. 제대로 먹지 않아 젖량이 늘지 않는다. 조금이나마 먹이겠다고 틈 만나면 유축기를 사용했다. 소독된 젖병에 담아 이름을 적어두면 바쁜 산모를 대신해 아이에게 먹여줬다.

신생아실 앞에 늘어선 젖병들. 모유가 성적 같다. 적게 들어있는 내 젖병이 마치 '수우미양가' 중에 '양'처럼 느껴졌다. 나보다 다섯 배 많은 모유를 짠 산모는 '수'다. 젖이 부족하면 내 탓만 같았다.

산후도우미를 미리 신청했다. 조리원 퇴소 후 첫 주말은 남편, 윤이, 나 처음으로 셋이 보냈다. ―버라이어티 기저귀 사건은 잊을 수가 없다.― 월요일, 산후도우미 여사님이 온다. 배워둘 게 많다. 기저귀 갈아주기, 엉덩이 씻기기, 목욕시키기, 신생아 배꼽 관리. 2주 동안 도움을 받을 수 있었다. 아기 봐줄 테니 잠을 자두라는데 잠이 오지 않는다. 내 집이지만 내 집처럼 느껴지지 않는다. 애를 봐주니 편하긴 하지만 마냥 편하지 않다. 산후도우미로 온 여사님은 종일 애를 안고 있다. 처음에는 그게 마음에 들지 않았다. 손탄 아기에 대한 선입견이 있어서다. 저녁에 여사님이 퇴근하면 그때부터 울기 시작했다. '손 탔네. 탔어!' 투덜거리며 슬링을 한다. 내가 보기에는 불편해 보이지만 아기는 엄마 자궁에 있을 때처럼 편안함을 느낀단다. 산후도우미 기간이 끝나고 오롯이 아기와 나만의 시간이 시작된다. 설레기도 하고 무섭기도 했다.

엄마 학교가 있다면 나는 애를 난생처음 키우는 신입생이다. 둘째를 키운다면 복학생쯤 되겠다. 신입생은 선생님과 선배가 필요하다. 처음부터 아는 사람은 없다. 잘 모르면 물어보고 도움을 청하면 된다. '완모'를 해야 좋은 엄마라는 타이틀이 붙는 건 아니다. 애가 빨리 뒤집는다고, 돌 전에 말하고 걷는다고 우수한 성적을 받지도 않는다. 신생아 시기는 원래 젖먹이고, 트림시키고, 재우고, 기저귀 갈아주고, 씻기는 게 전부이다. 밤과 낮도 없다. 단순한 일과를 4주 보내면 신생아를 졸업한다.

엄마 수업이 필요하다. 공부해야 나에게 맞는 육아를 알아갈 수 있기 때문이다. 인생이 그러듯이 육아에도 정답이 없다. 규칙과 방법이 있다면 외우기만 하면 된다. 하지만 육아에는 통하지 않는다. 그래서 나만의 육아 방법을 찾기 위해 공부한다. 현명한 사람은 멀리 바라보고 지금의 실패에 낙심하지 않는다. 오늘 젖을 잘 먹지 않는다면 분유를 먹이면 된다. 그래도 먹지 않는다는 건 배가 고프지 않을 수도 있다. 괜찮다. 큰일아니다.

눈앞에 보이는 것만 집착하며 자책했다. 눈물 났다. 이제는 멀리 보기로 했다. 오늘은 밥을 덜 먹었다. 아마도 간식을 든든하게 먹었나 보다. 내일은 간식을 가볍게 줘야겠다.

조리원에서는 다른 걱정은 접어두고 젖 먹이기에만 집중했다. 아기에게 필요한 만큼 젖이 돌면 된다. 고통이 심하다는 유선염도 없다. 젖을 먹일 수 있어 감사하다.

조금씩 성장해 간다. 하루가 쌓여 점점 자란다. 육아는 길게 봐야 한다. 모유 수유 하면 잘 큰다. 분유를 먹여도 건강하다. 둘 다 번갈아 줘도 상관없다. 신생아를 키울 때는 내 나이도 딱 그만큼이다. 그래도 괜찮다. 하루하루에 연연하지 말고 한 발짝 떨어져 나를 돌아본다. 먹는 양에 집착하지 않았나. 기계도 아닌데 시간만 따졌나. 아이가 크는 만큼 나도 자랐다. 단계를 밟아나가며 작은 변화를 쌓아간다. 육아는 이제 시작이다.

3

잠이 없는 아이

스물네 살, 친구가 결혼했다. 이듬해 아기를 낳았다. 친구의 결혼과 출산은 먼일처럼 느껴졌다. 친구 딸의 백일잔치 후, 집에서 2차를 한단다. 한사코 자고 가라며 거실에 이부자리를 봐줬다. 이제 백일 된 아기가 사는 집. 울고 또 운다. 가뜩이나 남의 집이라 선잠이 들었는데 아기는 자꾸 울었다. 새벽에 친구 신랑 차를 타고 집으로 돌아왔다. 한동안 만나지 못했다. 몇 년 후 애가 어린이집에 다닐 때 무렵에 다시 만날 수 있었다. 이십 대였던 내 친구는 놀고 싶었을 것이다. 백일 동안 집에서 아기만 키우며 애썼다. 그때는 자고 가라는 친구의 마음을 알아주지 못했다.

무작정 육아

산후도우미 여사님이 아침 인사로 물어본다.

'잠 잘 잤어요?'

'아니요. 잘 못 잤어요.'

신생아를 키우며 푹 자는 엄마가 과연 있나? 통잠은 언제 자는 거냐며, 육아카페에 고통을 호소한다. 선배 엄마들은 곧 좋아진다며 위로한다. 이 시기는 곧 지나간다고. 백일의 기적이 온다고 했다.

윤이가 젖을 찾을 때가 되면 젖이 돈다. 임신 중에는 화장실 가느라 종종 깼다. 출산 후, 젖 먹이는 시간에 맞춰 저절로 깬다. 자는 아기를 안고 눈도 못 뜬 채 젖을 먹이고 트림시키고 다시 눕힌다. 새벽에는 모유 먹이는 게 편하다. 분유를 주려면 온도에 맞춰 타야 하기 때문이다. 밤은 그렇다 쳐도 낮잠이라도 푹 자 주었으면 좋겠으나 내 바람일 뿐이다. 잠이 없는 건지 배가 고픈지. 길게 자야 한 시간 자고 일어난다. 산후도우미 여사님은 젖이 부족해 보인다고 한다. 그런가? 또 내 탓인가? 분유를 물려봐도 별반 다르지 않다. 원래 적게 먹고 적게 자는 아이. 모유만 먹였다면 몰랐을 터다.

다이어리를 정리하다 2016년 윤이 하루를 적어둔 것을 발견했다. 생후 5주 아기가 잠을 무척이나 자지 않았다. 며칠 적다가 포기한 흔적이 보인다. 애썼다. 그래도 밤잠 시간은 일찍 시작된다. 저녁 7시. 노래 불러 주며 수면 의식을 한다. 침대에 눕히면 일과가 끝이다. 눈물 쏙 빼며 수면 교육을 한 덕분인지도 모르겠다. 나와 아이에게 맞는 육아법을 찾기 위해 지금도 시행착오는 진행 중이다.

신생아를 졸업했다. 산후도우미 없이 혼자다. 본격적으로 육아가 시작되는 시기다. 조리원에 있을 때는 잘 자는 아가였다. 신생아실에 있어서 내가 몰랐던 걸까? 밤낮없이 두 시간 간격으로 젖을 먹이다 보니 뱃구레 늘이기가 시급했다. 밤잠 자기 전 분유를 먹여도 여전하다. 잠이 없는 아이인가 낮잠을 한 시간도 자지 않았다. 애써 재운 보람이 없다. 쉴 틈을 주지 않는 일과가 끝없이 막막해 보인다.

기적을 기다린다. 백일이 빨리 오길 바랐다. 밤 수유는 차라리 괜찮다. 낮에 한 시간도 자지 않고 일어나니 쉴 틈이 없다. 미리 아이를 키워본 선배들이 추천하는 육아용품. 요람을 들여놓으라 한다. 내 조카도 요람을 좋아했다. 거기에 누워 우유도 먹고 잘 놀았다. 흔들이 요람은 꼭 사라며 강력하게 추천했다. 생후 30일 기념으로 주문했다. 너무 기대했나? 싫어한다. 흔들어줘도 표정이 좋지 않다. 달린 모빌도 보지 않는다. 다른 아이들은 한동안 누워 논다는데. 모든 아이가 좋아하는

무작정 육아

건 아니었다. 기분이 좋으면 오 분 정도 누워있었다. 요람보다는 침대에 누워있는 게 편해 보였다. 무엇보다도 안아주는 것을 가장 좋아했다.

백일이 되어간다. 수유 간격이 제법 늘어났다. 통잠에 대한 기대감이 생겼다. 생후 백일 아침. 아기 침대로 가보니 오전 낮잠에서 깬 윤이가 버둥거리며 놀고 있었다. 조금만 자고 일어나도 개운한가 보다. 기저귀를 갈아주려 바지를 벗기려다 멈칫했다. 응가다. 백일 기념으로 기저귀 가득 쌌다. 바지, 침대 매트까지 빨며 백일을 빨랫감으로 풍성하게 보냈다. 잘 자라고 있는 윤이가 고맙고 대견하다.

아기들은 모두 다르다. 남들이 좋다는 육아용품 말고 내 아이에게 맞는 것을 찾는 지혜로운 엄마가 되길 기도한다.

밤잠은 자리를 잡아가는데 낮잠은 여전하다. 급성장기인지 낮잠을 통 자지 않는 날이 있다. 미세먼지가 많은 날은 어쩔 수 없이 집에서 버텨야 한다. 날이 좋으면 유모차를 끌고 나간다. 유모차에서 낮잠을 재우고 나는 커피 한 잔의 여유를 갖는다. 계획대로 안 될 때가 있다. 낮잠을 자지 않으면 억지로 재우려 애를 쓴다. 최후의 수단 아기 띠. 여기저기 돌아다닌다.

'이제는 진짜 자겠지.' 하고 슬쩍 내려다본다. 눈을 말똥말

똥 뜨고 구경 중이다. 잠을 잘 눈이 아니다. 영풍문고에 들어가 육아 코너를 둘러봤다. 한 권 꺼내 몇 장 넘기자 낑낑거린다. 움직이라는 신호다. 가만히 서서 책을 보니 지겨운 모양이다. 훑어보지도 못하고 그냥 나왔다. 한 시간이 넘었다. 점점 허리에 무리가 온다. 집으로 돌아오는 길에 잠이 들었다. 설레는 마음으로 살짝 내려놓자마자 홀러덩 잠에서 깬다. 낮잠 끝이다. 허무한 날이 많았다. 화를 내 봐야 소용없다. 깨지 않기를 바라는 마음이 손길로 전해진다. 나와 분리 시도하자마자 눈을 뜬다. 덕분에 나의 쉬는 시간은 짧았다.

코로나19로 어린이집에 가지 못하는 날이 길어졌다. 언제 등원할 수 있을지 가늠조차 되지 않는다. 여섯 살 될 무렵, SNS에 아무 놀이 챌린지가 유행이다. 매일 다른 놀이는 체력 소모가 심하다. 여섯 살이 되니 낮잠도 자지 않는다. 하루가 길어도 참 길다.

"엄마도 쉬는 놀이하고 싶어. 우리 잠자는 놀이 하자. 먼저 잠자는 사람이 이기는 거야."

이불과 매트로 몇 층을 쌓는다. 그 위로 몸을 날린다. 이불 먼지 풀풀 날리지만 그저 좋단다.

"자, 이제 눈감고 잠자기 놀이 시작!"

베개를 베고 누워 눈을 감는다. 잠자는 척하기는 식은 죽 먹기이다. 오 분쯤 지났을까? 실눈을 떠보니 그대로 잠이 들었다.

'어머나! 이렇게 잠을 잘 수도 있구나.'

갑자기 한 시간 여유가 생겼다. 이상하게 애가 잠을 자면 졸음이 달아난다. 쌩쌩해지며 없던 기운이 솟아난다. 이 순간이 달콤한 이유는 영원하지 않아서일 것이다.

오늘은 다시 오지 않는다. 내가 어떻게 보내든지 모든 엄마와 아기에게 주어지는 공평한 시간이다. 애쓰지 않기로 했다. 힘들게 재워도 자지 않는 날도 있고 재우지 않아도 스스로 잠을 자는 날도 있다. 자책도 하지 않기로 했다. 남들과 비교하지 말자. 잘하고 있다고 나를 다독인다. 아무도 몰라줘도 나는 알고 있다. 나만 나를 응원해도 괜찮다.

막막한 마음에 책을 폈다

누구나 처음은 막막하다. 그럴수록 책을 펼친다.

 윤이 생일에 남편이 미역국을 끓였다. 아이의 생일이기도 하지만 내가 출산한 날이기도 하다. 미역국을 먹으니 조리원 생각이 난다. 입소한 지 하루 만에 입원했다. 황달이다. 내가 뭘 잘못했나. 그래서 아이가 황달이 걸렸나. 아기를 보려고 아래층으로 내려갔다. 치료받느라 기저귀만 차고 광선을 쬐고 있다. 걱정할 거 없다. 황달은 흔하다. 주위에서 말해 줘도 위로가 되지 않았다. 치료를 마치고 조리원으로 돌아왔다. 언제 울었냐는 듯이 활기차게 생활했다. 마사지를 받고 침도 맞으러 한의원

무작정 육아

에 갔다. 한 시간 뜸을 뜨고 나오면 저녁 식사 시간이다. 밥도 잘 먹었다. 아기가 보고 싶으면 언제든 데려왔다. 응가를 하면 여사님께 부탁했다. 내 몸만 돌보면 된다. 조리원에서는 공주가 따로 없었다. 아기의 예쁜 모습만 봤다. 하품하는 것도 신기하고 딸꾹질하는 것도 귀엽다. 미역국을 먹을 때면 조리원이 그리워진다.

출산 후 병원에서 이틀 밤을 보냈다. 자연분만이라 회복이 빠르다지만 주렁주렁 수액 줄은 불편했다. 오로가 많이 나온다. 자는 둥 마는 둥 했다. 사흘 후 퇴원해 조리원으로 올라갔다. 같은 건물이니 진료받으러 이동하기도 좋다. 아침 7시 수유, 전화 소리로 하루를 시작한다. 매일 다른 일정이 있지만 집에서 나온 지 열흘이 넘어가니 집이 그리웠다. 내 말을 듣고 있던 둘째를 낳은 산모가 오묘한 미소를 지으며 말한다.

"조리원이 천국이에요. 저는 집에 가기 싫어요. 하지만 오래 못 있어요. 집에서 첫째가 기다리고 있으니까요. 그래서 열흘만 있다가 나가기로 했어요."

조리원이 천국이라는 말이 무슨 말인지 몰랐다. 선배 육아 중인 엄마가 흔하게 하는 말이 있다.

"배에 있을 때가 편할 때예요. 지금 실컷 놀아요. 잠도 많이 자두고요."

배가 무겁고 잠도 제대로 못 자는데 뭐가 편하다는 것인지. 조리원을 퇴소하고 집으로 돌아온 날 깨달았다. 후회했다. 더 누리지 못한 시간을.

조리원에서 뭔가 배우고 나온 거 같았지만 혼자 애를 키우려니 아는 게 없었다. 열 달 먼저 엄마가 된 동생한테 물어봤다. 원래 아기는 잠을 못 자냐고. 그렇단다. 백일은 넘어야 한단다. 몰랐다. 엄마 배에 있다가 세상에 나온 아기. 적응하는 데에 시간이 필요하다. 생후 한 달이 넘어 옹알이도 한다. 귀엽긴 하다. 하지만 밤이 무섭다. 오늘은 또 어떻게 재우나.

인터넷에 '생후 40일'을 검색해 봤다. 찾아보니 수유 간격, 수유량, 몸무게, 수면 교육. 정보가 많다. 자신의 육아일기를 공유하기도 한다. 그중 가장 신기했던 것은 수면 교육이었다. 생후 6주부터는 수면 교육이 필요하단다. 아기에게 무슨 교육인가 싶었다.

출산 후 오롯이 혼자 아기를 감당해야 한다. 친정엄마나 언니가 있으면 조금은 도움이 될지도 모른다. 어쨌든 육아는 내가 해야 할 부분이 크다. 자궁 속 태아는 알아서 컸다. 하지만 아기는 다르다. 엄마가 처음이라 아기가 낯설다. 공부가 필요한

무작정 육아

이유이다.

마지막 수유를 하고 잠든 아기를 침대에 내려놓았다. 신기하게 바로 깬다. 다시 안았다. 침대가 차가워서 깼나 싶어 만져봤다. 또 살살 내려놓았다. 이번에도 잉잉 운다. 몇 번 실패 후 드디어 잠이 들었다. 해방이다. 살금살금 방을 나왔다. 문소리에 깰까 조심스레 문을 닫았다. 설거지도 내버려 둔 채로 욕실로 갔다. 따뜻한 물에 샤워하고 나면 피곤이 풀린다. 막 씻으려고 물을 튼 순간, '잉'하고 울음소리가 들렸다. 급하게 나가려다 미끄러져 다리가 일자로 찢어졌다. 요가 수업 들을 때도 잘 안 되던 다리 찢기. 비명도 나오지 않는다. 엉치뼈를 문지르며 방문을 열어보니 울고 있었다. 나도 울고 싶었다. 겨우 재운 보람도 없고 샤워도 마음대로 하지 못하는 현실이 받아들여지지 않았다. 손목도 아픈데 안아서 재우니 어깨와 팔까지 남아나지 않는다. 산후 마사지 받아도 그때뿐이다. 점점 자라는데 언제까지 안아서 재울 수 있을지 모르겠다. 등을 대고 잠을 자는 연습이 필요하다.

다음 날 밤. 수면 의식을 한 다음 침대에 눕혔다. 예상한 대로 싫어했다. 토닥이며 '자장자장 우리 아기 잘도 잔다.' 마법 주문인 듯 끝없이 중얼거렸다. 두 시간 동안 내 손과 입은 기계처럼 쉬지 않았다. 밤 아홉 시. 결국은 스르르 잠이 들었다. 안아주지 않아도 잘 수 있었다. 두 시간 꼼짝없이 앉아 있었지만 아이 혼자 잠드는 경험을 하게 도와준 것이다. 남편이 퇴근하고 들어왔다. 기쁨을 알렸다. 수고했다는 말 한마디에 피곤이 녹는다.

변화가 생겼다. 밤이 되는 시간이 무섭지 않다. 더 잘하고 싶어졌다. 필요한 게 있으면 책을 찾아본다. 막막할수록 책밖에 없다. 못한다고 나무라지도 않고 혼내지도 않는다. 교과서와 참고서처럼 해답이 나와 있다면 좋겠지만 그런 건 없다. 정답 대신 간접경험을 듣는다. 다양한 선택지가 있다. 실패담과 성공담을 보며 나에게 맞는 육아법을 찾는다. 저자와 간접적으로 소통할 수도 있다. 육아 멘토를 옆에 두면 도움이 된다. 요즘 작가들은 책과 블로그, 유튜브 등 다양하게 활동하고 있다. 강연도 찾아다닌다. 마음만 먹으면 동지를 만들 수도 있다. 정신이 흔들릴 때는 육아 책을 성경처럼 옆에 두고 본다. 마음 맞는 책을 또 발견한다. 내 시야가 조금씩 확장된다.

네이버 검색 빠르고 좋긴 하다. 하지만 순간 들어온 정보는 머릿속에서 금방 사라진다. 교본이 될 만한 책을 옆에 두는 게 낫다. 막힐 때쯤 한번 펴본다. 이유식이 어려울 때. 유아 놀이에 필요한 것. 소아과 의사가 쓴 아기 건강 관련 정보. 나와 비

무작정 육아

숫한 엄마가 쓴 육아 이야기. 인터넷 지식에 의존하기보다는 차라리 작은 도서관으로 간다. 빌려서 다 읽지 못하고 반납해도 괜찮다. 다음에 또 빌리거나 오래 두고 보고 싶다면 사면된다. 위로받기도 한다. 잘하고 있는지 스스로 점검할 수 있다. 내가 나아갈 방향을 찾기도 한다. 막막할 때는 책을 편다.

5

수면 교육

육아의 반은 잠이다. 애가 잘 자면 엄마도 편하다. 아기의 수면 시간이 성적표 같다. 생후 6주 살기 위해 혼자 잠드는 연습을 시작했다. 일주일 후, 저녁 8시에 잠이 들어 여섯 시간 반 동안 깨지 않고 잤다. 생후 사십일 애를 키우며 눈물 흘리던 내가 열흘 후 미소를 지을 수 있었다. 안아서 재우지 않아도 되니 육아가 편하다. 낮잠은 길게 자지 않는 아이다. 밤잠은 잘 잔다. 수면 의식을 하고 침대에 눕힌다. 조금 울 때도 있지만 대체로 혼자 잠든다. 두 시간 동안 토닥이며 재운 보람이 있다. 교육 방법은 여러 가지다. 울어도 내버려 두는 방법은 도저히 할 수 없었다. 엄마의 성향이 중요한데 나는 아기 울음소리

무작정 육아

를 참아낼 자신이 없다. 그래서 옆에 있어 주는 방법을 택했다. 최소 열 번은 시도해 보려고 작정했다. 한 번 실패하면 더 이상 엄두조차 내지 않기 마련이다. 열 번 기회가 있다고 생각하니 마음이 편하다. 작은 성공 하나로 육아 자신감이 생겼다.

책으로 배웠다. 그중 하나가 아기의 잠이었다. 네이버에 수면 교육을 검색하니 눈에 들어온 책이 있었다. 사야 한다. 주문하니 다음 날 택배가 왔다. 《똑게 육아》 똑똑하고 게으르게 아기를 키운다는 내용이다. 독서하지 않던 내가 순식간에 읽었다. 나에게 필요한 이야기다. 실행에 옮겼다. 우선 먹으며 잠들기는 지양한다. '먹 놀 잠'이 주된 일정이 된다. '먹' 먹고, '놀' 놀고, '잠' 잠자기. 젖을 먹으며 잠을 잤는데 일단 그것부터 바꿨다. 먹고 놀아야 신나게 놀고 잠도 잘 잔다는 말이다. 학교에서도 가르쳐주지 않고 누구도 알려주지 않은 신세계다. 책만 따라 하면 '육아 지옥'이 아니라 룰루랄라 '육아 낙원'이 될 듯했다. 책을 따라 하다 보니 맞지 않는 부분이 생긴다. 육아를 책으로 배워 적용하는 사람은 나다. 나와 아이에게 맞는 유연한 방법을 찾아간다.

낮잠. 보통 한 시간 이상 두 시간 정도 낮잠을 잔다고 한다. 하지만 윤이는 길게 자는 날이 거의 없었다. 외출하는 날은 유모차에서 낮잠을 잔다. 오래 자지 않으니 재우려고 애쓰지 않는다. 동네 엄마들과 문화센터를 같이 다녔다. 점심 식사 후 아이들은 낮잠, 엄마들은 커피와 수다 시간이다. 다른 엄마들은 유모차를 끌며 마트를 돌아다닌다. 밖으로 나가는 엄마도 있다. 낮잠은 재워야만 하기에 필사적이다. 나는 윤이를 유모차에 앉히고 애착 이불과 인형을 꺼내 준다. 그리고 커피를 주문한다. 아이스라테 그란데 사이즈 샷 추가. 한참을 돌아다니던 엄마들이 하나, 둘, 돌아온다. 윤이는 이미 잠들어 있다. 다른 아이보다 낮잠 짧게 자는 게 스트레스였다. 애써 재우는 시간이 아까워 그냥 유모차에 앉혀 두었다. 그게 오히려 알아서 잠을 자는 습관으로 자리 잡았다.

코로나19로 줌 수업이 많아졌다. 그림책 수업이 저녁 여덟 시부터 시작이다. 여덟 시부터는 윤이랑 책 보는 시간이다. 월요일마다 네 번 수업이 있는데 책 읽는 시간과 겹친다. 혹시나 하는 마음에 윤이에게 물어보니 혼자 책 봐도 괜찮다고 한다. 아기 때부터 해오던 거라 습관이 되었다. 잠들기 전 하던 수면의식이 혼자서도 가능한 나이가 되었다. 편하게 수업을 들을 수 있어 윤이에게 고맙다.

밤잠이 점점 늦어진다. 만 4세. 낮잠이 없어지는 나이다. 어

무작정 육아

린이집에서도 낮잠을 재우지 않는다. 낮에 잠을 자지 않아 초저녁에 꾸벅꾸벅 졸고 있다. 밥을 먹으면서도 눈을 비비고 이를 닦으면서도 눈을 감고 있다. 저녁밥을 한술도 뜨지 못하고 잠이 든 날도 있다.

"엄마, 배고파요."

핸드폰을 보니 새벽 네 시다. 배가 고파서 잠을 못 자겠다고 한다. 새벽에 먹일 만한 게 마땅치 않았다. 마침 씻어서 넣어둔 딸기가 생각났다. 평소에도 좋아하던 딸기를 입이 미어지게 먹는다. 입에서 빨간 즙이 뚝뚝 떨어진다. 한 접시를 다 먹고 난 표정은 만족이다. 작은 배를 내밀어 쓰다듬는다. 밖은 아직 한밤중이다. 다시 잠자리에 들었다.

자기 전 수면 의식을 내 편의로 정했다. 음악 틀어놓기. 양치, 목욕. 로션 바르며 마사지. 은은한 조명 켜기. 그림책 한두 권 보기. 자장가 불러 주고 뽀뽀하기. 커 가며 조금 바뀌긴 했으나 큰 틀은 비슷하다. 음악 틀기. 씻기. 마사지하기. 책 보기. 뽀뽀하고 안아주기.

여행 가거나 이벤트가 생길 수도 있다. 일상으로 돌아오면 알아서 제자리를 찾아간다. 습관으로 굳어져서 하지 않으면 오히려 어색하다. 칠 년 동안 유지한 이유다.

자기 전에 책 읽기의 장점은 많다. 엄마 무릎에 앉아 정서적 교감을 나누며 안정감이 생긴다. 아이의 속마음이나 생각을 들을 수 있다. 독서 습관을 기르기에 도움이 된다. 이때 생긴 독서 습관을 지금까지 이어오고 있다.

요즘은 주말, 아빠랑 둘만의 시간을 보낸다. 장난치느라 일찍 잠들지는 못 하지만 아빠가 읽어주는 책은 엄마와는 다른 매력이 있다. 얼마 전부터는 평일에 셋이 잠들기 전 독서를 한다. 주로 내가 읽어주는 책을 듣는다. 내가 목이 아프면 남편이 읽어주기도 하고 가끔 윤이도 나선다. 셋이 읽는 책이 탑처럼 쌓여간다. 나는 이현 작가의 《푸른 사자 와니니 1》과 데이비드 윌리엄스의 《할머니는 도둑》이 가장 재밌었다. 남편은 로알드 달의 《우리 챔피언 대니》가 기억에 남는다고 한다. 윤이는 나랑 같은 《푸른 사자 와니니 1》을 꼽았다. 초등 고학년이 읽는 책이지만 내가 읽어주면 재밌어한다. 요즘은 《푸른 사자 와니니 4》를 읽고 있다. 함께하는 독서로 우리만의 공감대가 생겼다.

수면 교육 하나 했을 뿐이다. 칠 년 후 가족 문화가 만들어졌다. 우리끼리 통하는 이야기가 있다. 아이에게 우는 기회를 주고 혼자 잘 수 있는 시간을 마련해 줬다. 아기가 초등학생이 되었다. 일찍 자고 일어나는 습관이 몸에 배었다. 깨우지 않아도 일곱 시에 알아서 일어난다. 자연스레 책을 가까이한다. 스스로 한글 떼기도 그 덕분이다. 작은 습관과 성공으로 하루를 채워가다 보니 생각하지 못한 복리이자가 붙었다. 오늘은 윤이가 기다리던 주말이다. 주말은 아빠랑 만화책을 본다. 늦게 잠들어도 좋은 날이다. 나도 주말이 좋다.

6

아이 주도 이유식

육아에서 골고루 먹이는 일은 재우는 것만큼 중요하다. 이유식을 하기 전, 잘 먹기 위해 책을 편다.

'아이 주도 이유식' 처음 들어보지만 '아이 주도'라는 말이 마음에 든다. 억지로 먹이는 게 아닌 아이가 스스로 먹도록 도와주는 이유식이다. 편식하지 않고 제자리에 앉아 먹는 즐거움을 아는 아이로 자라길 바랐다.

나는 왜소한 아이였다. 키도 작은데 마른 편이다. 키 순서로 줄을 서면 육십여 명 중 다섯 번째를 넘어보지 못했다. 키 큰 유전자를 물려받지 못했을 뿐만 아니라 밥 먹기 싫어하는 아이였다. 제일 입에 맞는 반찬은 김이다. 아침을 먹고 등교해야 하는데 목구멍에서 밥이 넘어가지 않는다. 입에 밥을 물고 있으면 점점 죽이 된다. 더 맛없고 삼키기 싫어진다. 맨밥을 물에 말아 보지만 마찬가지다. 텔레비전을 보며 밥을 먹으면 눈과 입이 거기에 멈춰있다. 그러다 혼이 난다. 식사 시간은 괴로운 기억으로 남아있다. 먹는 즐거움은커녕 스트레스만 쌓였다.

중학교 2학년 때 친구들과 떡볶이를 먹으러 갔다. 맛집이라는데 맵기만 하다. 빨리 먹지 않는다며 주인 할머니는 역정을 냈다. 먹는데 욕심이 없으니 군것질하는 데에 돈이 별로 들지 않았다. 고등학생이 되면서 키가 부쩍 자랐다. 키순서가 5번을 넘었다. 먹는 속도도 예전보다 빨라졌다. 밥 먹는 시간이 점점 여유로워졌다. 기름진 음식을 싫어하던 내가 삼겹살을 먹는다. 심지어 좋아하게 되었다. 사회생활을 하면서부터는 국밥도 잘 먹는다. 요즘은 추어탕, 순댓국도 좋다. 나이가 들면 입맛도 변하나 보다.

이유식 먹일 시기가 되었다. 생각이 많아진다. 어른들의 핀잔이 두려웠다. 엄마 닮아 작은 애를 잘 먹이지 않아 더 안 큰다. 상상만 해도 감당하기 힘들다. 집에만 있어 그런지 시야도 작아진다. 아무도 내 탓을 하지 않아도 스스로 작아졌다. 주관이 확실하지 않고 자존감도 점점 내려갔다. 그래서 내린 결론.

아이 주도 이유식과 아빠표 이유식을 병행하기로 했다. 요리 잘하는 남편 '찬스'를 쓸 때다. 윤이가 나처럼 먹는 것을 싫어하는 아이가 아니길 바랐다. 편견 없이 음식을 탐색하고 식사 시간을 즐기기 위해 아이에게 주도권을 줬다.

이유식 첫날 고구마, 사과, 바나나를 먹기 좋게 잘라 식탁에 올려놨다. 다음날은 소고기 미음, 양배추, 브로콜리를 먹도록 해 봤다. 나는 신선한 재료를 먹기 편하게 준비만 하면 끝이다. 딱딱한 채소는 익혀서 준다. 주황색 당근 쪄서 손에 잡기 쉽게 주니 입으로 잘 가져간다. 다음날 응가에서 당근을 확인했다. 먹은 게 확실하다. 여러 가지 재료를 준비해서 주는 재미가 있다. 아기 식탁 의자에 앉아 노란 턱받이를 하고 손으로 꼭 쥔다. 이 하나 없는 잇몸으로 맛을 본다. 치울 게 많아도 준비는 쉽다.

아이 주도 이유식을 하면 미음을 먹이지 않아도 되지만 기존의 이유식도 먹여본다. 물처럼 흐르는 미음이 아니라 밥알이 살아있는 정도로 만들어 달라고 남편에게 부탁했다. 하나뿐인 딸을 위해 정성 들여 죽을 끓였다. 아빠의 마음을 아는지 잘 먹었다. 날이 갈수록 아빠의 죽을 거부하기 시작했다. 진밥으로 주니 한동안은 괜찮다가 또 먹지 않기를 반복한다. 육아 동지에게 추천받은 이유식을 주문해 봤다. 유리병에 담아 새벽에 배송해 준다. 새로운 죽을 주니 잘 먹는다. 아빠 손맛보다 맛 있었나 보다. 남편은 조금 서운한듯했다. 집에서 만드는 것보다 많은 양을 푹 끓여내 육수가 제대로 우러나온 덕분일 거다.

이유식이 끝나가니 포크 사용이 제법 가능하다. 포크로 잘 집히지 않는 음식은 손으로 먹으면 그만이다. 제일 좋아하던 것은 구운 애호박이다. 소금 간을 하지 않아도 단맛이 난다. 미끌미끌 잘 집어 지지 않아 손으로 입에 쏙쏙 넣는다. 살짝 데친 토마토와 구운 애호박만 있으면 밥 한 그릇 뚝딱이다.

아이가 좋아하고 잘 먹는 음식 말고 잘 먹지 않는 고기도 먹이기 위해 갖은 방법을 썼다. 굽기도 하고 국에 넣어보기도 하고 다져서 먹여보기도 했다. 비빔밥이나 볶음밥을 싫어해 먹지 않는 재료를 몰래 넣는 방법은 통하지 않았다. 그냥 기다려야 했다.

아이 주도 이유식과 아빠표 이유식을 병행한 이유가 있다. 첫째는 아이 마음대로 먹게 해주고 싶었다. 둘째는 어른들이 보기에 아이 주도 이유식은 손으로 장난치는 것처럼 보일 수도 있다. 기존의 이유식을 병행하며 걱정을 덜었다.

주말이 되면 주방에서 탈출한다. 우리 집의 요리사가 평소 내가 하지 못하는 음식을 만들어 준다. 외식도 한다. 뭘 먹어도 맛있다. 할인 쿠폰이 생겨 빕스에 갔다. 아이가 있으니 아이용 식기와 색칠 도구를 챙겨줬다. 크레용을 쥐고 종이에 문지르니 색이 나온다. 힘이 약해 색이 희미하다. 그래도 꽤 흥미로워 보였다. 덕분에 나도 여유롭게 식사를 즐길 수 있었다.

외출할 때 짐이 더 늘었다. 놀잇감과 토이 북을 챙긴다. 카페에서 아이스라테 한잔 여유롭게 마시기 위해 짐 하나 더 늘어도 좋다. 배낭에 종이와 색연필이 항상 들어있다. 유모차를 끌고 나갈 때도 소리 나는 책을 잊지 않는다.

외식할 때 보면 아이들이 있는 테이블에는 스마트 기기가 하나씩 있다. 지루해하는 아이들에게는 장난감이 된다. 엄마 아빠도 편하게 밥을 먹으려면 뭔가가 필요하다. 아이들이 놀 수 있는 놀이방이 있는 곳을 찾아가기도 한다. 스마트 기기만 보고 있는 것보다 놀이터가 낫기 때문이다. 밥을 다 먹으면 놀러 갈 수 있으니 집중해서 밥을 먹기도 한다. 아이와 부모 모두 만족하는 시간이 될 수 있다.

그저 배만 채우는 게 아니라 편식하지 않고 골고루 먹기를 바란다. 어른들과 함께 앉아 밥을 먹는 것도 중요하다. 감사한 마음으로 음식을 대하고 식사 시간을 소중히 여기는 아이로 자랐으면 한다. 식사 전 기도를 하기로 했다. 먹기 바빠 잊어버

무작정 육아

리기도 한다.

"엄마, 기도!"

먹다 말고 기도하는 모습이 기특하다. 제철 과일은 맛있다. 귤을 까서 하나 먹어보더니 눈이 커진다. 맛있다며 엄마도 먹어보라고 한 알 입에 넣어준다. 미소를 지으며 엄지 척!

잘 먹는 날도 있고 잘 먹지 않는 날도 있다. 처음에는 재료를 잔뜩 사서 이것저것 먹여보기도 했다. 입맛이 없을 때는 뭐를 해줘도 똑같다. 입이 짧은 나를 닮았다. 그러다가도 잘 먹는 때가 온다. 매일 똑같은 날이 없듯이 아이도 하루가 다르게 크고 있다.

"오늘 입맛 없으면 엄마가 좋아하는 스파게티 먹자!"

먹기 거부하는 때도 있고 잘 먹을 때도 있다. 일희일비하지 않고 느슨하게 키우리라. 육아는 산 넘어서 산이다. 이유식이 편해지니 유치가 신경 쓰인다. 이젠 양치질 연습이다.

현명한 엄마라는 착각

현명한 엄마가 되고 싶었다. 실패하지 않으려 애썼다. 그럴
수록 어긋난다는 것을 알게 되었다. 좋은 일과 나쁜 일은 언제
나 돌고 돈다.

코로나19 확진자가 줄어들 기미가 보이지 않는다. 집에 있
는 시간이 늘어났다. 혼자 집에 있으면 대충 넘길 텐데. 아침
먹고 또 점심을 준비한다. '돌 밥'이라는 신조어가 생겨날 정도
이다. 밖에 나가지 않으니 감기에 걸리지 않는다. 겨울이면 그
냥 넘어가는 법이 없었는데, 코로나19 덕분이다. 좋은 것과 나
쁜 것은 따로 떨어져 있지 않다.

윤이 돌잔치 이틀 전. 동네 친구 집에 놀러 갔다가 저녁 먹을 시간이 되어 집으로 돌아왔다. 나보다 몇 달 늦게 출산한 아들 키우는 엄마다. 혼자 심심하다며 자기 집에서 잠깐 놀다 가라고 한다. 동네에 아는 사람 없이 애 키우는 마음을 모른 척할 수 없었다. 겨울 문턱이라 저녁 여섯 시이지만 깜깜하고 제법 추웠다. 저녁을 먹어야 하니 서둘러 아기 띠를 하고 집으로 돌아왔다. 밤잠 준비하는데 이상하게 윤이가 뜨뜻하다. 체온을 재보니 열이 난다. 38도. 감기는 아닌데, 알 수 없어 빨리 아침이 되기를 바랐다. 열이 나니 잠을 제대로 자지 못했다. 힘이 없는지 크게 울지도 못한다. 다음 날 아침, 윤이 다니는 소아청소년과에 가기 위해 서둘렀다. 사람이 많았다. 기본 기다리는 시간은 삼사십 분이다. 의사는 윤이 얼굴만 보고 전형적인 '돌발 진'이라고 한다. 내일이 돌잔치인데 돌발 진이라니. 어쩔 수 없단다. 미룰 수도 없는 돌잔치. 해줄 수 있는 게 없다. 열이 내리길 기다려야 했다. 태어나 처음 맞는 생일. 태어난 날처럼 눈이 내렸다. 퉁퉁 부은 얼굴로 돌복을 입고 나에게 안겨 있기만 했다. 열이 오르니 계속 칭얼거린다. 돌잔치 후 점점 열이 내렸다. 완전히 열이 내린 월요일, 얼굴과 온몸에 열꽃이 활짝 폈다. 시간이 지나니 좋아진다. 내 탓, 남 탓. 원망보다는 한 번 더 윤이를 안아줬다.

종종 육아에 관한 책을 본다. 칭찬해 주기도 하고 잘못하고 있는 일을 알려주기도 한다. 윤이 네 살, 어린이집 여름방학 때의 일이다. 낮잠 시간이 지났는데 잠을 자지 않는다. 아기차에 태워 한 바퀴 돌았다. 얼른 재워놓고 시원한 라테 마실 계획이었다. 엄마의 마음을 알았는지 자기 싫다고 울기 시작한다. 생각대로 되지 않아 마음이 급해지고 화가 났다. 지나가던 아주머니가 나를 나무란다.

"그러다 아기차에서 애 떨어져요."

화가 나 있는 상황이라 주위가 잘 보이지 않았다. 벨트 잘 채워둬서 괜찮다며 아기차를 힘껏 밀며 휙 지나쳤다. 한낮 선풍기도 없이 뭐에 홀린 사람처럼 동네를 활보했다. 삼십 분을 넘게 돌아다녀도 소용없다. 내가 먼저 지쳤다. 윤이를 보니 눈물범벅이다. 그제야 정신을 차리고 안아줬다. 카페에 들어가 아이스라테를 주문했다. 평소와 다르게 윤이 음료도 한 잔 골랐다. 빨대로 쭉 빨아 마신다. 행복한 표정을 지으며 카페에서 나오는 음악에 맞춰 춤을 춘다.

'도대체 내가 무슨 짓을 한 거지.' 정신이 번쩍 들었다. 이렇게까지 울려서 무엇을 하려던 걸까?

눈이 빨갛다. 부어있다. 노란 원피스를 입은 윤이가 반달눈 미소를 지어 보인다. 애교 부리는 윤이 표정을 보니 눈가가 축

축해진다. '엄마가 미안하다.'

늦은 오후 잠이 들었다. 하루 안 자면 어떠하리. 습관이 중요하긴 하지만 더 중요한 것을 놓친다면 소용없다. 내 기준에 아이를 맞추려 했다. 마음속에 그리던 이상형의 아이. 말 잘 듣는 '착한 아이'가 되기를 바랐는지도 모르겠다.

아이를 키우며 누구나 시행착오를 겪는다. 오늘 실패했다고 자책하는 것은 좋은 엄마가 되는 데 전혀 도움이 되지 않는다. 지금 내가 할 수 있는 것을 알아가고 오늘을 잘 살아내면 된다.

일 년에 한 번 영유아 건강검진을 받는다. 항상 평균보다 작았던 나. 평균보다 늘 컸던 남편. 윤이는 우리를 반반 닮았나 보다. 보통이다. 영유아 검진 결과. 키와 몸무게가 백분율로 나온다. 몸무게는 평균인데 키는 평균보다 살짝 작은 편이다. 그런대로 잘 커 줬다. 초등학교 입학 전 안과 검진을 하러 갔다. 네 살 때 눈에 다래끼 때문에 안과를 자주 다녔다. 오랜만에 간 안과에서 청천벽력 같은 소리를 들었다. 안경을 써야 한다. 예쁜 눈에 안경을 쓴다니 남편에게 푸념해 본다.

6개월 후 안과 검진을 갔다. 몇 달간 더 나빠졌다고 한다. 눈이 더 나빠지니 렌즈도 비싸다. 안경을 새로 맞추고 집으로 돌아왔다. 저녁을 먹고 잠을 자려 누웠다. 머릿속에서 떠나지 않는다. 저녁 먹은 게 체했는지 답답하다. 가슴을 쳐도 체기가 내려가지 않았다. 텔레비전도 보지 않고 스마트폰도 없는 아이가 왜 눈이 나빠졌을까. 잠도 오지 않는다.

나는 서른 되기 전 라식 수술받았다. 고등학교 때부터 안경을 썼다. 안경을 쓰지 않으면 세상이 뿌옇게 보였다. 마이너스 눈. 수술 후 밝은 세상을 찾았다. 콘택트렌즈, 안경 없이 잘 볼 수 있다니. 오복 중 하나라는 말을 실감했다. 나는 안경으로부터 자유로워졌다. 내 유전자를 물려받은 탓인가. 만 6세인 윤이가 마이너스다.

초등학생이 된 윤이는 제법 유머를 선보인다.

"엄마, 난 안경 빨 이야."

내가 어쩌지 못하는 상황이 생긴다. 완벽한 엄마가 될 수는 없다. 현명하게 대처하는 엄마가 되고 싶다. 상상하지 못한 복병 '돌발 진' 아이를 키우다 보면 이런 일은 종종 일어날 터다. 현명한 엄마가 되기 위해서는 실패를 두려워하지 않아야 한다. 잘하려고 애쓰는 게 오히려 나와 아이에게 맞지 않을 수도 있다. 내 길만 옳다고 생각하지 않기로 했다. 다양한 사람들의 이야기를 들을 수 있게 귀를 열어둔다. 무작정 따라 하지 않고 나에게 맞게 적용해 본다. 현명한 육아는 실패하지 않는 게 아니다. 실패를 이겨내는 과정에서 배울 점을 찾는다면 고난이 아니라 축복이 될 수 있다. 한 번에 찾을 수 없다. 우리의 속도로 나와 아이에게 맞는 육아를 찾아간다. 천천히 육아 퍼즐을 맞춰간다.

8

예민한 아이 키우기

누구를 닮아 예민하니?

갓 태어난 아기. 누구를 닮았는지 잘 모르겠다. 확실한 것
은 손과 발. 아빠를 똑 닮았다. 신생아이지만 손과 발이 크다.
주먹을 쥔 손이 듬직하다. 발등이 높고 발볼이 넓어 예쁜 구두
는 신지 못할 것 같다. 내 어린 시절을 생각해 보면 나보다는
남편을 닮은 편이 낫다는 생각이 들었다.

생후 6개월이 되어간다. 문화센터에서 할 수 있는 프로그램
이 많다. 일일 체험 수업이 다양하게 있어 고를 수 있다. 집에
서 하기 힘든 촉감놀이가 좋다. 신청한 수업은 옥수수 놀이다.

문화센터 입구부터 팝콘 냄새가 풍긴다. 교실에 들어가니 교실 반만 한 놀이 매트에 옥수수 알갱이가 가득하다. 파란색 놀이 매트에 둘러앉아 재료를 탐색한다. 아기들은 노란 옥수수 알갱이를 손바닥 발바닥으로 느껴본다. 집에서 촉감놀이를 하려면 대단한 마음가짐이 필요하다. 문화센터라면 엄마도 가볍게 즐기며 사진을 찍을 수 있다. 하지만 내 사정은 달랐다. 뭐가 마음에 들지 않는지 칭얼거렸다. 옥수수 알갱이에 앉혀보려 하니 큰 목소리로 울기 시작한다. '환 공포증' 자잘한 알갱이가 낯설고 무서운 것인가. 소리마저 시끄러웠다. 선생님이 옥수수를 비처럼 뿌려주셨다. '촤라락 촤라락' 다른 아이들은 눈을 깜빡이며 잘 논다. 마무리는 팝콘 만들기다. 탁탁 팝콘 터지는 소리와 구수한 냄새가 퍼진다. 그마저도 윤이는 싫은지 울었다. 윤이를 안고 멀찍이 떨어져 구경만 했다. 아이들 먹을거리라 소금은 넣지 않았다고 한다. 봉투에 담아 나눠줬다. 따뜻한 팝콘, 윤이 입에 하나 넣어줬다. 고소한 맛이 괜찮은지 입을 오물거린다. 수업이 끝나니 윤이도 진정되었다.

한번은 밥을 먹으러 교외로 나갔다. 집에서 그리 멀지 않은 김포. 주차장이 자갈밭이다. 잔뜩 깔린 돌을 보고 운다. 정확하게 알 수 없었다. 뭐가 무서운지. **빽빽하게** 밀집해 있는 물체가 싫었나 보다. 추측할 뿐이다.

윤이 만 2세 때 일이다. 노래를 자주 틀어둔다. 동요도 좋고 클래식도 괜찮다. 네이버 동요를 틀어 좋으면 알아서 재생해 준다. 〈엄마 사랑해요〉 동요가 흘러나온다. 간주 부분에 내레이션이 나오자 '으앙' 하고 운다. 갑자기 우는 바람에 큰일이 났나 싶었다. 가사의 내용은 비가 내리는 날의 이야기다. 엄마가 우산을 들고나왔다. 아침에 엄마가 우산을 챙겨가라고 하셨는데 비가 오지 않을 거라며 두고 나온 아이. 엄마에게 화를 냈지만 미안해서 그랬다는 내용이다. 가사를 이해한 건지 음이 슬퍼서 그런 건지. 두 돌 된 아기가 감수성이 풍부할 수도 있나?

영상을 만드는 재미가 생겼다. 인스타그램에 올려두니 기록이 된다. 윤이는 만 4세지만 줄넘기 한 번도 넘지 못한다. 킥보드도 잘 타지 못할뿐더러 네발자전거를 타면 발을 굴리지도 못한다. 자전거에 앉아 울고불고하던 윤이가 발을 구르게 되었다. 기념할 만한 일이라 메시지를 넣어 영상으로 만들었다.

와~ 탈 수 있을까? 굴러가네! 느리지만 굴러가는구나. 얼마 전 그렇게 울더니. 자전거 타는 방법을 알려주기란 어려워요. 대신해 줄 수도 없는 노릇. 다리에 힘이 필요한데. 난 못해 ~ 하고 울던 네가 성공했구나. 너무 기특해 대견해 어려운 일이 닥쳐도 이렇게 도전할 수 있겠지? 너의 앞길 항상 응원한단다. 느려도 괜찮아! 다시 해도 괜찮아! 틀려도 괜찮아! 두려워하지 말고 너의 길을 가렴. 너의 뒤에 있을게. 돌아보면 바로 보이는. 그러니 주저하지 말고 앞으로 전진 하렴. 그래, 잘할 수 있어. 남과 비교하지 말고.

세상에 하나뿐인 너란다. 사랑하는 딸아. 오늘도 크느라 수고했어. 조금씩 쌓인 너의 노력이 빛나게 될 거야. 별처럼 말이야. 사랑해. 사랑해. 사랑해.

영상에 편지처럼 자막을 넣어 둔 것을 보며 펑펑 운다. 윤이가 우니까 나도 코가 찡하다. 한동안 그 영상을 보지 못했다. 공감하는 마음, 감수성이 풍부한 아이였다.

모래놀이도 싫어하고 찰흙 놀이도 좋아하지 않았다. 감촉이 싫은 모양이다. 처음 신발을 신을 때도 애를 먹었다. 밖에 맨발로 나갈 수 없는데 말이다. 선물 받은 우주복은 한 번도 입히지 못하고 조카에게 물려줬다. 한 해 한 해 다르게 예민한 부분이 누그러졌다. 모래놀이가 재미있어 종일 놀았고, 발이 불편한 신발도 멋을 위해서라면 기꺼이 참는다.

예민함, 유전된다고 한다. 나도 예민한 사람일까? 돌아보게 되었다. 체크리스트를 해보니 예민한 편이다. 다른 사람보다 잘 놀라는 편이다. 여러 사람과 어울리면 쉬이 지친다. 사람들이 북적이는 모임은 최대한 피한다. 다른 사람의 기분에 필요 이상으로 영향을 받는다. 무언가를 강요받으면 신경이 곤두서고 몸에 이상을 일으킬 만큼 스트레스를 받는다. 등등.

다른 사람들은 아닌가? 라는 의문이 생겼다. 그리고 나를 이해하게 되었다. 내가 그래서 힘들었구나. 아이를 키우기 위해 나를 아는 시간이 먼저라는 것을 알았다.

대수로울 게 없다. 그냥 나다. 예민한 부분이 다르지만 이제 알아가면 된다. 윤이는 여전히 신경 쓰는 부분이 있다. 양말 하나 신을 때도 새끼발가락이 불편하다며 만지작거린다. '엄마를 닮았구나.'

어떤 유전자를 물려줄지 정할 수 없다. 그래도 단단한 마음으로 살아갈 수 있도록 도와줄 수는 있다. 점점 자라는 윤이에게 자기 마음을 알아차리게 도움을 주려 한다.

오늘 마음은 무슨 색이야?

〈엄마 사랑해요〉 가사

비가 많은 내리는 날에

우산 없이 집에 오는데
저 멀리서 엄마의 모습
나를 보며 미소 지으시네.

너무나도 반가웠지만
나는 괜히 화를 내면서
건네준 우산을 버리고
빗길을 그냥 뛰어가네.

너무나 고마웠어요.
한 번도 말한 적 없지만
너무나 사랑합니다.
이런 내 맘을 받아 주세요. (엄마~)

너무나 고마웠어요. (고마웠습니다~)
한 번도 말한 적 없지만. (엄마~)
너무나 사랑합니다. (사랑합니다~)
이런 내 마음 받아 주세요.

미안해서 그랬어요.

아침에 엄마가

우산을 가져가라고 했는데

비가 안 올 거라며

우산을 그냥 두고 왔거든요.

엄마한테 혼날까 봐

걱정하면서 집에 오는데

엄마가 나를 마중 나온 걸 보고

미안하기도 하고 고맙기도 했어요.

그런데 왜 저는 엄마한테

왜 화를 냈을까요?

너무나 고마웠어요.

한 번도 말한 적 없지만

너무나 사랑합니다.

이런 내 마음 받아 주세요.

(엄마~)

제4장

무작정
육아

동네에 이런 곳이 있었다니

우울한 마음이 종종 찾아온다. 육아 소통이 필요했다. 물어볼 곳도 도움 청할 사람도 없었다. 남편의 해외 출장으로 육아는 오롯이 내 몫이다. 윤이는 백일 후 낯가리기 시작했다. 동네 인터넷카페가 떠올랐다. 가입만 해둔 상태다. 예전에는 모르는 사람과 대화를 나눈다는 일은 상상하지 못했다. 애 엄마가 되니 달라졌다. 내가 인사를 하고 다가가야 그들과 친구가 될 수 있다. 먼저 인사만 하면 반갑게 맞아 준다. '고민 들어주세요.'라는 카테고리에 글을 남겼다.

'아이 낯가림 시작 ㅜㅠ

몇 주 만에 친정 나들이를 했어요. 그런데 할아버지를 보고 울어 댑니다. 그것도 죽어라! 독박 육아라 아가가 저랑만 있어요. 만 4개월 된 아가가 낯가림을 시작했어요. 이젠 봄이니 자주 돌아다녀야겠어요.'

그냥 지나치지 않고 공감의 댓글을 남겨줬다.

'시간이 지나니 좀 괜찮아졌어요.'
'저희 아가도 4개월부터 낯가렸어요. 7개월에 절정이었죠. 참고 매일 돌아다니며 다른 사람들과 어울렸죠. 그래도 낮은 가렸어요. 하하하'
'저는 일부러 집에 사람 초대하고 그랬어요. 몇 번 그러니까 이제는 덜 가려요. 곧 7개월 되는 아가예요.'

적절히 교류한다면 인터넷 카페는 소통의 공간이다. 직접 만나지 않아도 모르는 사이여도 함께 아이를 키운다는 마음이 이어진다. 좋은 정보가 있으면 나눈다. 중고 물품을 사고팔기도 하고 필요 없어진 아이 용품을 나누기도 한다. 가끔 벼룩시장이 열린다. 좋은 물건을 싸게 살 수도 있다.

백일이 지나자, 윤이는 낯을 가리기 시작했다. 딱히 주위에 도움을 청할 곳이 없다. 지역 인터넷 카페, 가입한 지는 꽤 되었다. 활동은 하지 않았다. 그다지 필요하지 않았기 때문이다. 아이를 키우다 보니 말이 통하는 사람과 애기가 하고 싶어졌다. 도서관 정보, 키즈 카페 정보, 체육센터 프로그램도 공유해 준다. 집 근처 행복 복지 센터에 도서관이 있다는 정보를 발견했다. 매일 다니는 길이지만 몰랐다. 간판도 없고 광고도 하지 않으니 알 턱이 없다. 블로그에 올라온 포스팅도 없어서 아기 띠를 하고 무작정 갔다. 2층에 올라가 보니 강의실도 있었다. 어린이부터 성인까지 이용이 가능한 문화 교실도 운영한다. 회사 다닐 때는 사느라 바빴다. 주위를 둘러보니 그동안 모르던 좋은 세상이 있었다. 가장 안쪽에 '작은 북카페' 표지판이 매달려 있었다. 예쁜 공간이 아늑했다. 네 명 앉을만한 책상 하나, 바닥에 서너 명 앉을 수 있는 테이블, 벤치 의자가 두 개 있었다. 좁은 공간이기에 책장은 슬라이딩으로 되어있었다. 회원가입만 하면 바로 빌려 갈 수도 있단다. 알아놨으니 종종 오겠노라.

윤이가 생후 육 개월이 지나 산후 요가 등록했다. 돌 이전 아기를 키우는 엄마라면 가능하다. 아기를 키우며 운동을 다니기 쉽지 않았다. 기껏해야 아기차를 끌고 장 보러 나가는 것뿐이다. 체육센터에서 하는 산후 프로그램은 아이를 맡기지 않고

무작정 육아

같이 있을 수 있으니 나도 가능하다. 게다가 걸어서 십 분도 채 걸리지 않는다. 윤이 또래 아가들. 앉아서 까까를 먹거나 거울 앞에 앉아 침 범벅을 만들어 논다. 아직 앉지 못해 천장만 보는 아기, 여기저기 기어다니느라 바쁜 아기도 있다. 나만 집에서 애랑 씨름하는 게 아니었다. 운동하러 모인 아기 엄마들은 나이도 다르고 아이 낳기 전 하던 일도 다르다. 같은 점이 하나도 없어 보인다. 하지만 비슷한 시기에 아이를 낳았다. 아기 키우는 공통점으로 금방 친해졌다. 돌이 지나고 아이들이 걷기 시작하니 더 이상 다닐 수 없다. 산후 요가는 그만뒀다. 대신 아이들이 놀 수 있는 마트 문화센터로 옮겼다. 집에서는 할 수 없는 신체운동이 인기가 많다. 나를 포함해 엄마들은 수업 내내 아이를 졸졸 따라다니며 사진 찍는다. 수업 후에는 점심도 같이 먹고 아이 낮잠 잘 때 이야기도 나눌 수도 있다. 숨통이 트이는 시간이다.

문화센터에 가지 않는 날은 아기차를 끌고 놀이터로 간다. 집 근처 놀이터는 세 군데. 가장 가까운 놀이터는 화장실도 있다. 여름에는 물놀이도 가능하다. 바닥 분수도 나온다. 겁이 많은 윤이도 바닥 분수에서 놀만했다. 멀리 가지 않고 물놀이를 즐길 수 있어 온 동네 아이들이 모였다. 엄마들은 간식을 준비해 돗자리를 깔고 자리를 잡는다. 윤이가 더 크면 즐길 수 있을 줄 알았는데 공사를 한다며 막아뒀다. 코로나19가 심해지니 공원 물놀이가 금지다. 여러 가지 이유로 제대로 놀지 못했다. 바닥 분수 수리도 끝났으니 올해 여름을 기대해 본다.

체육센터가 집 앞에 있다는 것은 꽤 행운이다. 윤이가 어린이집에 가면 나는 필라테스를 하러 간다. 그리고 저렴한 가격으로 수영장을 이용했다. '모자 수영' 48개월 미만 유아랑 엄마, 같이 물놀이를 할 수 있다. 세 시에 어린이집 하원 후, 체육센터로 간다. 수업 후 샤워하는 게 귀찮지 않다. 윤이는 초등학교 언니들이 씻는 것을 보고 따라 한다. 덕분에 삼십 개월 넘은 윤이도 혼자 샤워할 줄 알게 되었다.

코로나19로 '작은 북카페'가 잠정적으로 운영을 중단했다. 가까워 좋았다. 휴식처 같은 곳이 사라졌다. 다행하게도 몇 년 전 구립 도서관이 개관했다. 코로나19로 잠시 휴관한 적도 있지만 요즘은 마음껏 드나든다. 아이들뿐 아니라 성인을 위한 프로그램도 다양하다. 글쓰기 수업부터 비누 만드는 수업까지 원하는 수업을 신청하면 된다. 한 사람당 다섯 권 대출이 가능하다. 책 읽기를 좋아하는 윤이에게는 턱없이 부족하다. 윤이도 회원가입을 하면 다섯 권 빌릴 수 있다. 자기 명의 스마트폰이 없는 아이는 회원증을 만들기가 까다로웠다. 귀찮기도 하고 필요한 서류도 있어 미뤄뒀다. 하루 날을 잡아 도서관에 갔다. 이 층에 올라가 PC로 윤이 회원가입을 하기로 마음먹었다. 이 층에서 근무하는 사서 도움으로 회원 카드를 만들 수 있었다. 노란 회원 카드. 만들고 나니 뿌듯하다. 한 시간 투자한 보람이 있다. '이제 책 열 권 빌릴 수 있어.' 윤이는 눈을 동그랗게 뜨고 함박웃음을 짓는다. 빌리다 보니 열 권도 부족하다. 갈증은 곧 해결되었다. 도서관에 책 열 권 기증해 두 배로 대출이 가능해졌다. 이제 열다섯 권 빌릴 수 있다.

혼자 집에서만 있으면 우울해지기도 한다. 돈 들지 않는 도서관부터 저렴하게 이용이 가능한 체육센터. 집에만 있으면 '나'에 갇혀 굴을 판다. 이때는 나가야 한다. 나서 보면 나를 도와줄 사람이 곳곳에 있다. 책이 필요하면 도서관을 이용하면 되고 운동이 필요하면 산책할 수도 있고 체육관을 이용해도 좋다. 나는 무작정 나갔다. 낯가림이 심한 편이었지만 아이를 키우며 나도 컸다. 용기가 생겼다. 물어보고 도움을 청한다. 나를 도와주는 사람은 어디든 있다. 새로운 즐거움이 나를 기다린다.

육아 코칭의 시작

아이는 저절로 크지 않는다. 아이를 낳기 전에는 쉽게 생각했다. 일 년 쉬고 다시 직장을 다니려 했던 마음은 온데간데없다. 아이를 맡기고 나오기 위해서는 나 말고 다른 양육자의 도움이 필요하다. 출산 후 출근하는 선배들을 보며 당연하다고 여겼다. 알고 보니 친정엄마와 같이 사는 경우가 많았다. 아무리 돌이 지난 아이라도 기관에 맡기기는 어렵기 때문이다. 친정엄마가 봐주시는 게 편해도 양육 방법이 맞지 않을 수도 있다. 이래저래 아이를 키우는 사람은 나다. 막상 혼자 키우려니 여기저기서 해주는 조언이 가시가 될 때도 있었다.

현실 육아가 시작되었다. 애만 낳으면 해피엔딩인 줄 착각했다. 엄마가 되려면 공부는 필수였다. 누구도 공부해야 한다는 조언을 해주지 않았다. 출산을 먼저 한 선배가 말한다. '모자 동실'은 절대 하지 말라고. 산후조리 못하니까. 사실은 엄마와 아기가 적응하는 시간이 필요했다. 처음부터 아이와 생활해야 익숙해진다. 남에게 맡겨 버리면 아이의 욕구와 울음을 파악하는 시간만 늦춰질 뿐이었다. 신생아실, 산후조리원, 산후도우미에게 맡겼다. 생후 5주가 되어서야 일대일로 만났다. 윤이는 엄마인 내가 불편했을 것이다. 윤이가 우는 이유를 잘 모르니 답답하다. 자신감이 떨어지고 아기랑 둘이 남겨지는 시간이 무섭다.

찾아낸 해결책이 육아서였다. 인터넷 서점에 들어가 검색해 보니 눈이 휘둥그레진다. 이 책들만 있으면 '육아의 신'이 될 듯했다. 아기 발달에 필요한 책들을 이것저것 골라 장바구니에 담았다. 십만 원 넘게 카드를 긁으니 든든하다. 택배가 오자마자 책을 펼쳐봤다. 신생아부터 생후 36개월까지 참고할 만한 내용이다. 책은 무거워도 마음은 가벼웠다. 고등학교 때 책을 반겼다면 공부를 잘했을 텐데.

현실 육아는 글로 배울 수 없었다. 참고만 해야 했다. 어느 순간부터인지 책에 나온 시기를 따지기 시작했다. '목을 너무

못 가누는 거 아니야? 뒤집기를 할 시기에 뒤집기를 하지 않네? 이제는 앉아야 할 때인데.' 인터넷 검색도 해보고 다른 책도 찾아봤다. 육아는 변화무쌍했다. 평화로운 날이 오래가지 않았다. 좌절하는 날도 끝은 있었다.

아이가 누워있을 때가 좋다. 기어다닐 때가 좋다. 말 못 할 때가 이쁘다. 미운 네 살이지만 그때가 제일 이쁜 짓 많이 할 때다. 어린이집 다닐 때가 좋다. 학교 들어가면 집에 일찍 온다. 이 길을 먼저 걸어간 선배들의 말이다. 지금이 제일 좋다고.

지하철에서 내려 집으로 가는 길. 엘리베이터를 타려고 아기차를 힘차게 밀었다. 지나가던 할머니가 외치는 말씀.

"그때가 좋은 줄 알아!" 그리고 휑하니 에스컬레이터를 타고 사라진다. 나도 작게 한마디 했다. '나도 알아요.'

아기 띠를 하고 다니거나 아기차를 밀고 다니면 말을 거는 분들이 종종 있다. 옷을 얇게 입혔네. 아기 감기 걸리게 양말도 신기지 않았네. 심지어 택시 기사까지도 훈수를 둔다. 아기는 이렇게 키우고 저렇게 해야 하고. 원하지 않아도 육아 코칭을 여기저기서 받는다. 나이 들면 나는 그러지 말아야지 다짐한다. 아무리 좋은 말이라도 듣는 사람이 준비되지 않으면 쓸모없는 말이나 마찬가지기 때문이다. 기분이 좋을 때는 아무렇지 않게 흘려버린다. 마음이 흔들리는 날에는 죄책감 들게 한다. '내가 옷을 너무 얇게 입혀 감기에 걸렸나? 집에만 조용히 있어서 사회성이 떨어지나?' 꼬리에 꼬리를 물고 자책한다. 남들 말에 의식하지 않고 키우기는 정신 싸움이기도 하다.

윤이 어릴 때 보던 책을 중고로 내놨다. 책 팔아도 되냐고 물어보면 안 된다고 하더니 이번에는 팔아도 된단다. 중고이지만 상태는 꽤 깨끗했다. 영어책도 같이 내놨는데 금방 팔렸다. 메시지가 왔다. 직거래로 사고 싶다고 했다. 보통은 택배로 많이 보내는데 이번에는 직접 온단다. 나도 편하다. 어차피 집에 있는 시간이라 상자만 전해주면 되기 때문이다. 도착했다는 문자다. 스무 권 세트라 그다지 무겁지는 않았다. 구매자가 물어본다. "저기, 영어책도 파셨던데 어때요?" 구매자 남편이 책 상자를 받아 차로 가져갔다. 상자 정리를 끝냈는지 서성댄다. "아이가 지금 몇 개월이에요? 그냥 그림책 보여 주듯이 보여 주세요. 그리고 중고로 사는 게 좋아요. 아직 어리니까 '세이펜' 적용되지 않는 것도 괜찮아요. 매일 영어 CD 틀어주세요. 영상은 보여 주지 말고요. 그리고." 차에 탄 구매자 남편이 눈짓한다. "감사합니다. 안녕히 가세요." 할 말이 더 있었지만 멈췄다. 집으로 돌아와 생각하니 오지랖 아주머니들이 생각났다.

유아용 학습지 종류가 많다. 나도 어릴 때 매일 학습지를 했다. 한 장짜리 종이다. 줄긋기, 색칠 공부, 숫자 쓰기. 요즘은 구독 유치하기 위해서 갖가지 사은품과 서비스를 제공한다. 마트에 가면 쉽게 만날 수 있다. 윤이가 생후 18개월 무렵, 평온한 날이 이어졌다. 마트에서 '웅진 북클럽' 홍보한다. 영유아와 부모를 대상으로 종합 진단을 해준단다. 한번 받아보는 것도 좋다며 주위에서 추천해 줬다. 검사 결과는 일주일 후에 나왔다. 상중하로 표시되어 있어 성적표 같다. 윤이의 신체 발달은 '하'였다. 그때는 몰랐다. 이제야 눈에 들어온다. 돌이 되기 전에 걷기 시작했다. 하지만 달리기를 잘하지 못하고 점프는 시도조차 하지 않았다. 다른 친구들처럼 킥보드를 타는데 삼 년이 넘게 걸렸다. 줄넘기를 한 번도 넘지 못했다. 이 년 후, 지금은 세 번 넘는다. 대근육, 소근육 발달 모두 느렸다. 조심성 있고 겁이 많은 아이다. 느리지만 천천히 자기 속도대로 커 간다. 검사 결과지 '하'에 초점이 맞춰줬다면 윤이를 괴롭혔겠다는 생각이 새삼 든다. 때로는 무심해도 된다. 묵묵히 같은 루틴으로 아이를 키웠다. 아침 일곱 시 아침 먹을 준비한다. 윤이는 여섯 시면 일어난다. 침대에서 뒹굴뒹굴 논다. 외출해도 오후 다섯 시 전에는 집에 돌아온다. 저녁 먹고 양치와 샤워한 후 음악을 들으며 책을 읽고 잠을 잔다. 초등학생이 된 지금까지 이어지고 있다. 여행할 때는 일정이 달라지기도 한다. 집에 돌아오면 다시 제자리로 돌아온다. 하루의 처음과 마무리 시간을 정해 두니 좋다.

　육아 정답은 내가 직접 알아내야 한다. 시간은 많다. 처음 이라 서툴러서 잘못해도 괜찮다. 긴장감을 내려놓고 느긋하게 찾아간다. 주위 말에 휘둘려 내 육아에 대해 의심하면 악순환 이다. 자신감은 남이 나에게 주는 게 아니었다. 엄마인 내 안에 서 자라고 있다. 조언을 참고하여 내 정답지를 써 내려간다.

3

육아에 정답은 없다

육아는 교과서가 없다. 누구에게 어디서 무엇을 어떻게 배워야 하는지 모른다. 옆집 엄마 이야기. 텔레비전에 나오는 육아 전문가 이야기. 모범생 엄마를 따라 하면 백 점은 받지 못해도 적어도 중간은 할 수 있겠다는 생각이 들기도 한다. 그 또한 부작용이 있다. 나에게 맞지 않는다. 비교가 가장 큰 적이다. 이론과 실습이 있다면 헤매지 않겠지만 그런 건 없다. 1 더하기 1은 2처럼 명확한 답이 있다면 얼마나 편할까. 하지만 모든 사람은 다르고 아이도 마찬가지다. 나만의 정답지를 써야 하는 이유다.

무작정 육아

왕초보 엄마 시절, 마음만은 이십 대였다. 주위 엄마들과 나이 차가 적게는 네 살, 많게는 열 살 차이가 났다. 낮에는 그럭저럭 같이 어울린다. 활력이 넘치는 이들과 다르게 나는 오후만 되면 축 늘어진다.

날이 좋으면 유난히 시끌벅적하다. 아이들은 놀이터에서 돌아갈 생각을 하지 않는다. 오후 네 시, 가장 인기 있는 시간이다. 화장실도 있는 공원 놀이터. 하원길에 들리는 곳이다. 원 안에서 내내 놀다 나왔어도 밖에서 노는 맛은 다르다. 윤이에게 잠깐만 놀자고 말해둔다. 제때 밥하러 들어가야 체력과 일정에 차질이 없다. 더 놀고 싶다고 마냥 두면 후에 일어날 일을 알기 때문이다. 미리 일러둔 덕분인지 집에 가자고 하면 윤이는 잘 따라나섰다. 집으로 돌아와 손을 씻고 식사 준비하는 동안 윤이는 좋아하는 책을 본다. 펼쳤다 덮었다가 하며 논다. 장난감이 따로 없다. 정리된 책을 죄다 꺼내도 괜찮다. 다시 넣으면 된다. 순식간에 발 디딜 틈이 없어진다. 식탁을 차리며 윤이를 본다. 책을 가지고 노는 아이 뒷모습이 평화롭다. 신나게 놀고 돌아오면 윤이는 조용히 책을 본다. 밖에서 쓴 에너지를 책으로 채우는 듯 보였다. 우리 모녀는 오후 되면 피곤해지는 게 닮았다.

놀이터 분위기에 휩쓸려 더 놀았다면 평화는 깨졌을지도

모른다. 처음에는 먼저 집에 가겠다는 말이 입에서 떨어지지 않았다. 같이 놀았으니 같이 가야 할 것 같았다. 남에게 하는 배려가 나에게는 독이 될 수 있다. 나와 아이 상태를 빨리 알아차리고 행동하니 육아가 익숙해졌다.

육아서를 편다. 아이는 매일 다르고 조금씩 자란다. 그러기에 육아에도 공부가 필요하다. 유아기에 중요하게 여겨야 할 점들이 무엇인지 알아본다. 어떤 책을 읽혀야 하나? 잘 모를 때, 영어를 언제 시작하면 좋을지 조언이 필요할 때도 책을 본다.

하나같이 책을 강조한다. 언제부터 어떤 책을 보여 줄지는 엄마의 선택이다. 검색하고 또 검색한다. 전집은 돈이 많이 든다. 어떤 책이 좋은지 모르니 영업사원 말을 듣는 게 편한지도 모르겠다. 예전에는 유명 출판사 영업이 대세였다면 요즘은 인플루언서 추천 책이 인기다. 자신의 블로그나 인스타그램에서 무료로 정보를 제공한다. 덕분에 손품을 덜 들인다. 처음에는 추천하는 건 무작정 샀다. 고르는 눈이 없어 시간과 돈을 낭비하기도 했다. 육아 동지 말을 듣고 무조건 새 거를 사지 않게 되었다. 중고 책도 꽤 괜찮았다. 중고에 맛을 들이니 들락날락 시간 소비가 제법이다. 차라리 원하는 책 알람을 걸어둔다. 인기가 있는 책은 먼저 찜하는 사람이 임자다. 새 책보다는 부담이 덜하다. 비싸게 주고 산 책을 아이에게 보여 주려고 전전긍긍하지 않아도 된다. 두 돌이 지나면 돌 이전에 보던 보드 북은 되판다. 그 자리는 다른 책으로 채운다.

도서관 가기도 한 방법이다. 너무 어릴 때는 책 하나 겨우 빌려 나오는 날도 있었다. 유모차를 끌고 가는 것보다 아기 띠가 기동력이 좋다. 에코백 하나 들고 책 구경하러 작은 도서관에 가려고 나섰다. 도착하자마자 느낌이 안 좋다. 윤이 엉덩이가 뜨듯하다. 킁킁 냄새를 맡아보니 응가다. 신발 벗고 들어가자마자 나와야 하는 상황이다. 기저귀도 챙기지 않았고 갈아줄 만한 장소도 없다. 대충 제목만 보고 대출해서 집으로 돌아왔다. 집에서 5분 걸리는 거리다. 내일 또 가면 된다.

반복되는 일상. 오히려 예민한 아이에게는 똑같은 일과가 안정감 있게 느껴졌을 것이다. 산후조리원에서 집으로 온 후부터 늘 같은 시간에 일과를 시작했다. 조리원에서 아침 일곱 시 수유 시간을 정한 게 지금까지 이어지고 있다. 윤이가 태어난 이후 기상을 위한 시계가 필요 없어졌다. 알람을 맞추지 않아도 알아서 울음 알람이 울린다. 그보다 벌떡 일어나게 하는 알람 소리는 없을 것이다. 일어나자마자 수유 쿠션을 집어 들고 소파에 둔다. 윤이를 안고 소파에 등을 기대어 젖을 먹인다. 내 눈은 반쯤 감겨있다. 더 자고 싶어도 아이를 키우는 엄마는 아이 시계대로 움직여야 한다. 품에 안긴 윤이를 보며 잠을 깨운다. 아이가 자라면 낮잠도 줄어들고 활동하는 시간이 늘어난다. 그래도 기본 틀을 지키려 했다. 일어나는 시간은 아침 일곱 시, 밤에 자는 시간은 아홉 시 이전이 되도록. 낮잠과 식사 시간을 넣으면 하루 윤곽이 잡힌다. 낮잠 잘 시간에 밖에 나가 산책하고 커피를 마시는 여유도 부릴 수가 있게 되었다. 윤이가 자는 시간 나도 부족한 잠을 자고 싶기도 하다. 소파에 누워 미세먼지가 어떤지 보려고 핸드폰을 켰다. 사려고 했던 물티슈가 할인 중이다. 덩달아 요즘 유행하는 유아 놀잇감이 특가 세일이다. 연예인 누구누구가 사귄다고 하니 궁금해서 클릭한다. 윤이 낮잠 시간은 돈 쓰는 시간이 되곤 했다. 방에서 우는 소리가 들린다. 삼십 분밖에 자지 않아서 다행이다. 돈을 더 쓸 뻔했다. 낮잠 많이 자줘도 좋다. 내가 쉴 시간이 길어지니까. 얼마 자지 않아도 괜찮다. 나의 충동구매를 줄여주니까.

육아, 정답은 없다. 대신 나에게 맞는 육아서 몇 권이면 된다. 아무리 좋은 방법 많아도 내가 할 수 있는 것만 뽑아 본다. 책을 보며 모두 적용하지 못한다. 그래도 괜찮다. 하나만 선택해 시작해 보면 무리가 없다. 몇 년 안에 끝나지 않는 장기전.

무작정 육아

지치지 않기 위해 조금씩 알아가면 된다.

만약 영어 귀가 뜨이기를 바란다면 내가 지금 할 수 있고 계속할 수 있는 것을 찾는다. 영어 CD를 넣고 전원을 켜면 1단계를 해낸 셈이다. 지금 가능한 범위 내에서 시작한다. 남들이 하는 것을 모두 해야 한다는 강박만 내려놓아도 편해진다. 나에게 맞춤 육아로 스트레스가 줄어들었다. 옷을 재단할 때 몸에 딱 맞추는 것보다는 1~2cm 정도 여유분을 준다. 약간의 여유로 숨통이 트인다. 육아도 그렇다. 우리 모녀에게 여유 있게 맞추니 불안한 마음이 누그러진다. 마음이 편해지니 눈빛이 달라진다.

코로나19로 등원하지 못하는 날이 많았다. 여유가 생겨 그 또한 좋았다. 해가 잘 드는 오후 두 시, 윤이랑 차 마시는 시간이다. 앙증맞은 접시와 컵. 엄마를 위해 준비해 준다. 냅킨도 잊지 않는다. 카페 같은 분위기를 위해 음악도 은은하게 틀어 둔다. 오늘의 음악은 '디즈니 OST'이다. 허브차 한 모금, 비스킷 하나에 우리 모녀의 마음이 연결된다. 책이나 읽을까?

실패는 성장의 시작

실패는 어릴 때 경험 해 봐야 좋다. 많이 하면 할수록 잘할 수 있는 게 늘어난다. 나는 학창 시절 공부는 못했지만 그렇다고 크게 실패해 본 기억도 없다. 목표가 없어 실패도 없다. 성인 되어 홀로서기를 하며 알았다. 실패 경험은 큰 자산이 된다는 것을. 내 아이는 꽃길만 걷기를 바란다. 그럴수록 다양한 실패 경험을 맛보게 해줘야 한다.

진로를 고민했다. 부모님께 입시 미술학원에 다니고 싶다고 말했다. IMF, 넉넉하지는 않아도 미술 재료 살 수 있었다. 그때는 잘 몰랐다. 졸업 후 세상에 나와 그제야 알았다. 부모님 품이 따스했다는 것을.

당시 망한 회사가 하나둘이 아니었다. 취업은커녕 이력서라도 넣고 싶었다. 대학 졸업 후 딱 한 번 면접 볼 기회가 생겼다. 그걸로 끝이었다. 다른 길을 찾아야 했다. 아동미술 교육. 학과목 이수하면 주어지는 자격이다. 어린이집, 유치원, 미술학원 벼룩시장 구인 광고를 샅샅이 뒤졌다. 빨간 볼펜으로 동그라미를 해가며 전화를 걸었다. 미술 교사 자리도 만만치가 않다. 졸업 후, 한 달 동안 벼룩시장 광고만 들여다보고 있었다. 집에서 버스로 십 분 거리 어린이집에서 보조 교사 및 미술 교사를 구한다. 전화해 보니 이력서를 가지고 면접을 보러 오란다. 면접 보는 자체만으로도 감사한데 다음날부터 출근하란다. 의심을 해봐야 할 시점이었다. 취업에 눈이 멀어서 뒤도 돌아보지 않고 냉큼 취업 성공이라며 기뻐했다. 아침 8시부터 저녁 8시까지. 한 달 일한 월급은 삼십만 원이다. 일을 할 수 있다는 것에만 초점이 맞춰져 다른 것은 살펴보지도 않았다. 첫 직장은 실패다. 노동에 비해 급여가 턱없다는 것을 뒤늦게 알아차렸다.

이직을 위해 다시 공부했다. 2002년 월드컵은 마음 놓고 즐겼다. 백수라서 회사 눈치 보지 않고 온전히 놀 수 있었다. 가을 취업을 목표로 석 달 동안 이력서를 넣고 면접 보기를 반복했다. 여전히 취업 시장은 녹록지 않다. 그래도 면접 다니다 보니 정착할 곳이 나타났다. 첫 직장에서 단련된 덕분에 새로운 일터에 쉽게 적응했다. 급여도 첫 직장의 세 배를 받았다.

어린 윤이가 실패를 많이 해보면 좋겠다. 잘못하는 것, 틀리는 것을 싫어하는 윤이를 위해 그림책 《틀려도 괜찮아》를 구매했다. 잔소리하며 설명하기보다 그림책 힘을 빌리면 전달이 쉽다. 내가 먼저 읽어보니 재밌지는 않았다. 교실에서 선생님은 아이들에게 틀려도 괜찮다는 말을 전한다.

틀린 걸 알게 되면 스스로 고치면 되지. 그러니까 누가 웃거나 화를 낸다 해도 절대 기죽으면 안 돼!

내가 윤이에게 전하고 싶은 말이 본문에 고스란히 있다.
매일 자기 전, 음악을 듣고 책을 읽어주며 하루를 마무리한다. 일곱 살이 된 윤이에게 전하고 싶은 메시지를 담은 그림책을 고른다. 메마르게 글 만 읽었다. 그런데 갑자기 윤이가 통곡한다.
"나는 괜찮지 않아!"
틀리는 게 싫다. 완벽하게 하는 것을 원하는 아이다. 누구의 잘못이 아닌 기질이다. 같이 그림책을 보지 않았다면 어느 정도 스트레스인지 몰랐을 터였다. 그날 이후 나의 실패담을 영웅담처럼 들려줬다. 내가 초등학교 2학년 때 구구단 못해서 혼난 일부터 학교에서 오줌 싼 이야기. 나에게는 그다지 큰 실수 같지 않은 일들이었다. 윤이는 나의 이야기를 재밌게 들어준다.

"엄마, 괜찮았어?"

구구단을 다 외우지 못하면 집에 가지 못했다. 지금 생각해 보니 교실 문에 매달려 초조했던 기억이 난다. 공부 못해도 지금 잘 사는데 말이다.

"오줌 쌌다고 친구들이 놀리지 않았어?"

당연히 놀리는 아이가 있었다. 그 경험이 윤이에게 도움이 되면 그걸로 되었다.

"놀리는 애가 하나 있긴 했지. 엄마가 한번 째려보니까 놀리지 않더라."

손흥민 선수의 아버지인 손웅정 축구 감독이 출간했다. 《모든 것은 기본에서 시작한다》

'제대로 싸워서 이기려면 수도 없이 패배하고 좌절해 봐야만 한다. 그런 좌절은 앞날이 보장된 좌절이자 실패가 아닌 경험이다.'

아들이 자신의 전철을 밟지 않게 하려고 노력한 모습이 글에 담겨있다. 좋은 지도자, 좋은 아버지가 되고 싶어 지금도 연구하고 고민한다고 한다.

나도 윤이에게 들려주고 싶은 말이다.

"괜찮아, 틀려도 괜찮아. 이제부터 시작이야. 자신감을 가져."

누워만 있던 아기가 뒤집기 시도한다. 힘이 좋다면 한 번에 뒤집을 수도 있겠지만 윤이는 힘겹게 해냈다. 기어다니던 윤이가 혼자 일어나던 날. 처음으로 걷던 날. 손뼉을 치고 환하게 웃으며 축하해 줬다. 자꾸 넘어지고 걷는 게 무서워 걷지 않았다면 걸을 수 없을 것이다. 그림 그리기가 취미인 윤이. 수백 개의 동그라미를 그려댔다. 동그라미 세 개가 사람 얼굴이란다. 아빠는 제일 큰 동그라미 그다음은 엄마. 제일 작은 게 자기라고 한다. 최선을 다해 그린 그림이다. 아직도 벽에 붙어있다. 일부러 떼지 않는다. 아이의 처음을 기억하기 위해서다. 요즘은 캐릭터를 수십 장 그려댄다. 예전과 비교하면 놀라운 발전이다.

과거를 종종 잊고 산다. 아이는 태어나자마자 걸어 다니지 않는다. 처음부터 글을 알고 말하지 않는다. '오늘은 어떤 실패를 했니?' 실패를 격려해 준다. 잘못하는 나를 질책하지 않기 위해. 원래 틀리고 잘하지 못하는 게 당연한 거다. 실패 연습이 성공 연습이다. 작은 성취를 축하해 주고 잘못하는 날도 기억하고 기록한다. 이런저런 날들이 쌓여 훗날 어떤 어른으로 성장할지 상상하며 미리 축하한다.

5

즐기는 육아

아침에 윤이를 등교시키고 나는 도서관에 간다. 상호대차한 책과 예약 도서가 도착했다는 알림이 왔다. 문자가 오지 않았어도 가려던 참이다. 에코백에 반납할 책을 챙겨 나간다. 버스를 타면 오 분 걸린다. 자주 오지 않는 버스를 타느니 산책 겸 다녀온다. 책 검색하고 고르다 보면 한 시간 훌쩍 지나간다. 도서관이 그리 멀지 않아서 좋다.

엄마 배 속에만 있던 아기가 태어나면 한동안 누워서 보낸다. 걷기 위해서는 근육을 단련시켜야 한다. 뒤집고, 앉고, 기어다니고, 선다. 걸어 다니기까지 앞의 과정이 없다면 불가능

무작정 육아

하다. 수만 번 넘어지며 포기하지 않는다. 힘들다고 가만히 있었다면 어떻게 되었을까? 아무런 일도 일어나지 않았을 거다. 실패를 무릅쓰고 도전해 낸 결과 걷고 뛴다. 모든 단계는 때가 있다. 개월 수에 맞게 기다림도 필요하다. 눈만 끔뻑이던 아기가 옹알이한다. '엄마'라고 말하라며 재촉하지 않고 웃으며 칭찬해 준다. 노력해도 안 되는 일은 시간을 둔다. 내가 할 만큼 했다면 내맡기며 때가 되기를 기다린다.

코로나19를 겪으며 내가 아무리 노력해도 안 되는 경험을 했다. 손을 잘 씻고 마스크를 하고 나가도 전염은 막을 수 없었다. 그래도 잘 버티고 살아냈다고 토닥여 준다.

몇 달이면 끝날 줄 알았다. 집콕놀이 챌린지가 유행이던 2020년 나도 동참했다. 집에 있는 온갖 미술 재료를 꺼냈다. 개구리알 장난감은 전날 밤 물에 불려두었다. 예전에 사둔 흰색 전지를 한 장 꺼내 매트에 펼친다. 윤이를 눕히고 몸을 따라 윤곽을 그리면 내 역할은 끝난다. 색연필이 겨드랑이를 지나간다. 까르르 간지럽다며 웃음보가 터졌다. 울퉁불퉁 그려진 몸에 눈, 코, 입을 그리고 머리카락도 색칠하며 반나절을 보냈다. 오려서 벽에 붙이면 윤이 친구 완성이다. 점심 먹은 후에는 거실 반 만 한 놀이 매트를 깔아둔다. 물에 불린 개구리알 놀잇감은 치우기 힘들다. 나중을 위해 미술 놀이용 매트는 필수이다. 놀다 보면 또 저녁 먹을 시간이다. 집에 있는 오래된 밀가루로 반죽 놀이도 한다. 엄마가 놀아주니 윤이는 신났다. 하나하나 인스타그램에 기록해 뒀다. 지금 돌아보니 열심히 놀았다. 그때 사둔 미술 놀이 용품이 한자리 차지하고 있다. 이제는 혼자서도 재료를 꺼내 작품을 만든다. 제목과 작가 이름, 날짜를 써둔다. 책장에 투명 테이프로 작품을 붙인다. '행복 미술관'이란다. 놀아 본 만큼 아이는 자라있었다.

놀이동산 서울랜드, 롯데월드, 에버랜드는 신나는 곳이다. 내가 가장 좋아하는 놀이 기구는 바이킹이다. 적어도 세 번은 타야 직성이 풀린다. 큰 배가 휘휘 허공을 가른다. 하늘은 난다면 어떤 기분이 들까? 하지만 이런 느낌이 싫어 타지 못하는 사람도 있다. 내장이 아래로 뚝 떨어지는 느낌이라나. 시원한 바람을 맞으면 무섭기는커녕 오히려 상쾌하다. 안전바를 믿고 두 팔을 벌려 만세 해야 제대로다. 커다란 바이킹 배가 앞뒤로 서서히 움직인다. 몸을 맡기며 리듬을 탄다. 웅크리거나 잔뜩 힘을 줘서 경직된 자세는 마음마저 불안하게 한다. 롤러코스터도 마찬가지다. 중력의 힘을 거슬러 목을 뻣뻣하게 젖히려 하면 안 된다. 목을 가눠보려 저항했다가 담에 걸려 고생한 경험이 있다. 그 뒤로는 놀이 기구를 탈 때면 힘을 뺀다. 그래야 속도를 제대로 즐기게 된다. 애를 쓰면 쓸수록 놀이 기구 타는 내내 고통스러울 뿐이다. 바이킹 제대로 즐기는 비법은 간단하다. 서서히 올라가는 배에 몸과 마음을 태운다. 멀리 바라보며 구름을 향해 오르락내리락 온갖 잡념을 날린다.

'흘러가는 대로 둬도 괜찮더라.' 어른들이 하는 말씀이다. 대충 해도 가끔 얻어걸리는 게 있다. 요리는 잘 못해도 블로그를 보며 대충 흉내 낸다. '냉·파 요리'만 검색해도 다양하다. 선물로 들어온 목살을 먹어야겠다. 목살 김치찜. 묵은지를 넣어 만들면 대충 해도 맛있다. 블로거들의 요리 방법을 따라 하면 중간 정도는 한다. 먼저 목살을 꺼내 준비한다. 찌개에 넣어서 익히지 말고 구워놓으라고 한다. 시키는 대로 구워 둔다. 다진 마늘, 대파, 양파, 간장, 새우젓, 설탕. 재료가 없으면 없는 대로 끓여도 맛이 난다. 오늘의 요리는 10점 만점에 10.9를 받았다. 심사위원은 윤이. 맛있어서 보너스 점수를 더 준단다. 어깨가 으쓱해진다. 칭찬에 요리 자신감이 생긴다. 다음 날 저녁은 명란젓 스파게티 주문이 들어왔다.

"명란젓이 없는데 어떻게 하지?"

달걀에 짭조름한 명란젓을 풀어 만든 명란젓 스파게티가 먹을 만했나 보다. 주재료가 없어 곤란하다. 그러자 윤이는 새우젓으로 하라고 알려준다.

"그래? 좋은 방법이다."

검색창에 새우젓 스파게티를 쳐보니 요리법이 있다. 어떻게 그런 생각을 했냐고 물어보니 짠맛이 비슷해서 새우젓도 좋을 거 같아 그랬다고 한다. 면을 삶는 동안 마늘과 올리브유, 새우젓을 준비한다. 재료도 간단하다. 새로운 요리도 만점을 받았다. 어쩌다 보니 요리 능력자가 되었다. 없으면 없는 대로 있으면 있는 대로 애쓰지 않아도 괜찮은 요리가 된다. 밥하기 싫은 날은 카레가 제격이다. 카레와 김치만 있으면 오늘 저녁 반찬도 걱정 없다. 맛있게 먹어 주니 그 또한 감사하다.

'내 마음대로 되는 게 하나도 없어.' 한탄했다. 그럴수록 부정만 쌓여갔다. 몇 년 동안 코로나19를 겪으며 알게 되었다. 이미 나는 가진 것이 많았다. 파랑새를 찾으러 다닌 '치르치르와 미치르'처럼 밖에서 찾고 있었다. 윤이와 함께 놀던 추억이 단단하게 쌓였다. 지금 할 수 있는 일을 찾아본다.

오늘도 도서관에서 알림 문자가 왔다. 예약해 둔 책이 도착했다고. 읽고 싶은 책이 대출 중이라면 예약하고 기다리면 된다. 알림이 올 때까지 다른 책을 본다. 서고를 돌아다니며 힘들게 찾지 않아도 회원 카드를 내밀면 바로 받는다. 기다리는 사람에게 주어지는 작은 행복이다. 비결은 단순하다. '없다'에 초점을 맞추지 말고 '있다'에 집중하면 된다. 즐길 수 있는 것들을 확장해 나간다.

6
.....

최고의 칭찬(나를 칭찬하기)

'잘했다.' '수고했어.' 나라도 나를 격려하고 칭찬해 준다. 직장에서 인정받기 위해, 선생님이나 부모님께 칭찬받기 위해 애썼다. 내가 주인공이 아니라 다른 사람이 나를 어떻게 볼까에 초점이 맞춰진 탓이다. 지금 내 직업은 전업주부다. 좋은 점은 남에게 인정받기 위해 애쓰지 않아도 된다. 그래도 가끔은 칭찬이 듣고 싶다.

우리의 뇌는 칭찬을 들으면 행복 호르몬 옥시토신, 도파민, 세로토닌이 분비된다. 뇌는 주어를 인식하지 못해 내가 아이에게 칭찬하면 나도 덩달아 기분이 좋아진다. 말 한마디로 아이와 나 모두 행복해진다.

참 잘했어요. 칭찬 스티커 하나 받아 붙이는 윤이 얼굴에 행복이 보인다. 밥 잘 먹기, 양치하기, 잠 잘 자기 등등. 별일 아닌 하루가 풍성해진다. 하얀 종이에 스티커를 많이 붙이면 특별한 보상이 없어도 좋아했다. 초등학생이 된 지금은 일정 기간이 되면 원하는 선물을 주고 있다.

내가 어렸을 때, 도장 하나 받으려고 애쓴 기억이 난다. 준비물 잘 챙기기, 숙제 잊지 않고 하기, 쓰레기 줍기 등등 어렵지 않은 일이 대부분이다. 스티커를 받기 위해 한 일은 오래가지 않는다는 문제가 있긴 하다. 부모님이나 선생님께 잘 보이려고 노력하는 모습이 순수하고 귀엽다.

로젠탈 효과(Rosenthal Effect). 하버드대 심리학과 교수였던 로버트 로젠탈 교수가 발표한 이론이다. 칭찬의 긍정적 효과를 설명하는 용어다. 로젠탈 교수는 샌프란시스코의 한 초등학교에서 20%의 학생들을 무작위로 뽑아 그 명단을 교사에게 주면서 지능지수가 높은 학생들이라고 말했다. 8개월 후, 명단에 오른 학생들은 다른 학생들보다 평균 점수가 높았다. 긍정적 편견을 가지고 아이들을 대했다. 눈빛과 말투, 비언어적으로 요소로도 긍정이 전달될 수 있다고 증명했다.

내가 초등학교 6학년, 걸 스카우트 보장을 맡았을 때다. "눈빛이 똘똘하게 생겼네." 난생처음 들어본 칭찬이었다. 게다가 내가 평소에 멋지다고 생각했던 단장님이 하신 말씀이다. 어깨가 솟는다. 마음속 깊이 있던 자신감이 일어났다.

어른이 되어도 칭찬받으면 기분이 좋다. 신입 시절 상사에게 잘 보이려 일찍 출근하고 시키지 않아도 알아서 일을 처리했다. '희진이는 일찍 출근해서 깨끗하게 청소해 두잖아.' '새벽에 어학 공부도 하고 대단하네.' '자료를 보기 쉽게 정리해 두니 편하다.' 잘했다는 말은 능률도 오르고 보람도 있다. 더욱 일을 잘하게 만드는 당근과도 같았다. 일을 그만둔 후 칭찬도 끊어졌다.

육아 전문가들에 의하면 아이에게 칭찬할 때는 구체적으로 하라고 한다. '똑똑하구나.' '와! 천재네.' 이런 종류는 금지다. '알아보기 쉽게 글씨를 또박또박 쓰려고 노력했구나.' '엄마가 무거운 짐을 들고 있어서 문을 열어 줬구나. 배려하는 마음이 참 예쁘다.' 좋은 말을 들은 아이 기분은 고스란히 얼굴에 나타난다. 아마 다음에도 잘하려고 노력할 거다. 칭찬 스티커도 좋긴 하지만 즉각적으로 말로 해주는 편이 효과가 크다.

엄마인 나도 칭찬이 필요하다. 내가 잘하고 있는지 모를 때가 많다. 애써서 살고 있지만 손에 잡히는 게 없다. 전업주부인 나도 인정받고 싶고 박수를 받고 싶다. 그렇다면 나라도 해줘야겠다.

'오늘 저녁 메뉴 김치볶음밥, 간도 맞고 잘 볶아졌구나. 맛있게 잘했다.'

'화장실 청소해서 수전이 깨끗해진 것을 보니 기분 좋네.'

호르몬의 영향인지 우울감이 찾아온 날은 부정이 들어있는 말만 나온다.

'아, 오늘 분리배출을 하지 않아서 집이 지저분하네. 내가 그러면 그렇지.'

'치약이 있는데 또 샀네. 정리하지 않아서 쓸데없이 돈만 써버렸네.'

나를 자책하기 일쑤였다. 그럴수록 자존감이 떨어졌다. 스스로 쓸모없는 사람으로 만들었다.

'내가 왜 이렇게 살까?' '이 삶에 무슨 의미가 있지?'

어깨가 축 처진다. 입꼬리도 덩달아 아래도 내려간다. 쓸데없는 생각이 꼬리에 꼬리를 문다. 침대에 눕는다. 가만히 누워 하루를 돌아본다. 잘못한 일, 하지 않은 일만 생각난다. 칭찬은 커녕 스스로 머리를 쥐어박지 않으면 다행이었다.

윤이 어린이집에서 일곱 살부터 일기를 쓰기 시작했다. 특별한 일이 없으면 쓸 게 없다며 투덜거린다.

"엄마! 나, 일기 뭐 써?"

나도 그랬다. 매일 똑같은 날인데 뭘 써야 하는 건지. 한동안 일기 쓰기 싫다며 툴툴거렸다. 윤이가 식탁에 앉아 일기를 쓴다.

"엄마! 나, 일기 다 쓰면 안아주세요."

안아주는 게 보상이다. 물질적인 것을 주지 않아도 사랑을 담은 뽀뽀와 포옹이면 그만이다. 머리를 쓰다듬어 주고 안아주면 나도 행복 호르몬이 나온다. 칭찬은 받는 사람뿐만 아니라 하는 사람까지도 행복해진다. 돈도 안 드는 칭찬 기법은 시도 때도 없이 애용하는 중이다.

윤이가 식탁 의자에 삐딱하게 앉아 밥을 먹고 있다. 먼저 칭찬한다.

"와! 의자에 바르게 앉아서 밥을 잘 먹네요."

그러면 다리 하나만 걸쳐 놓고 장난치다가도 바로 고쳐 앉는다.

"네."

잔소리하지 않아도 즉각 효과가 나온다. 기분이 상하지도 않는다.

무작정 육아

"엄마 도와주는 윤이가 있어서 좋네요."

"히히, 칭찬 들으니까 기분 좋다."

때때로 화가 나지만 칭찬부터 한다. 금방 화가 누그러지고 웃음이 난다.

요즘은 '우리 가족 행복 백 점 만들기'를 하고 있다. 서로 칭찬하고 행복하게 만들어 주자는 취지이다. 한 달 동안 가장 높은 점수를 받은 사람이 상금을 차지한다. 높은 점수를 받기 위해 어른인 우리 부부도 노력하고 있다. 서로 칭찬하기. 미운 말하지 않기. 감사한 마음 표현하기. 3월, 새로운 '행복 백 점 만들기'를 시작했다. 지난달에는 윤이가 일 등을 했다. 이번에는 누가 상금을 받게 될까?

7

초라해지는 비법(산후, 육아 우울증)

우울하면 햇빛을 보러 밖에 나간다. 집에만 있는 것보다 더 많은 빛을 받을 수 있다. 나오기 전에는 귀찮아 아무것도 하기 싫다. 막상 나오면 밖의 공기는 다르다. 기분 전환에 이만한 게 없다. 커튼 때문에 어두웠던 집안에서 다른 세상으로 나오는 듯하다. 하늘을 본다. 나오길 잘했다며 나를 다독인다. 일부러 감탄한다. '와! 오늘 하늘 죽인다.' '와! 놀이터에 애들은 하나도 없고 새들만 신났구나.' 별일 아닌 것에 놀라워하며 잠깐 산책을 즐긴다. 걸을수록 가벼워진다.

윤이가 태어나 첫여름을 나던 해는 예년보다 무척이나 더웠다. 아기 띠를 하고 다니면 지나가던 어른들이 올여름 더운데 애 키우느라 수고했다며 박수를 보내주셨다. 알아주는 그분들이 감사하다. 우리 부부 둘이 살 때는 거실에 벽걸이 에어컨 하나만 둬도 그럭저럭 괜찮았다. 일하러 나가 집에 있는 시간이 별로 없으니 말이다. 에어컨 없는 안방. 선풍기 두 개로 여름을 났다. 말복이 지나고 아침, 저녁이 선선해진다. 애쓰며 버텼던 마음도 식어갔다.

밤에는 잘 자던 윤이가 잘 자지 못하고 한밤중에 깨서 자지러지게 울었다. 다시 신생아로 돌아간 듯 울어댔다. 알 수 없는 울음이 지속되니 나도 지쳤다. 우울한 감정이 사그라지지 않고 점점 커졌다. 툭 뱉은 남편의 말은 가시가 되어 박혔다. 집에만 있지 말고 나가야만 한다. 쌓이는 감정을 해소하기 위해.

이유식을 먹이고 기저귀를 갈아줬다. 옷은 갈아입히지 않는다. 그냥 나간다. 보통 아기 띠를 하고 나가지만 아기차를 꺼냈다. 집 앞 놀이터에 앉아 어디를 갈지 궁리했다. 윤이랑 셀카를 찍으니 까르르 소리를 내며 재밌어한다. 평소 잘 가지 않는 카페로 정했다. 에어컨 바람이 시원하다. 메뉴는 늘 마시던 아이스라테를 주문했다. 커피를 받아 들며 선물로 받은 초콜릿을 입에 넣으며 카페를 나섰다. 낮잠을 재워야 하니 한가롭게 앉아 있을 수 없다. 산책로에 있는 의자에 앉았다. 윤이 눈은 잠들 기색이 없어 보인다. 커피를 한 모금 마시고 유모차를 민다. 갈 곳이 마땅치 않아 집으로 방향을 돌렸다. 다시 놀이터로 돌아왔다. 커피는 이미 다 마시고 얼음도 다 녹았다. 윤이가 삼십 분도 자지 않고 눈을 떴다. 놀이터 옆 농구장을 빙빙 돌았다. '더 자라. 더.' 주문을 외듯 멈추지 않았다. 다리가 아프지만 멈출 수가 없다. 조금 있으면 다시 잠들 것이라는 희망 때문이다. 텅 비어있던 농구장에 학생들이 우르르 온다. 하교 시간이 되었다. 성과 없이 집으로 돌아가야 했다. 낮잠은 그게 끝이었다.

다음 날 아침 수유를 하며 윤이 얼굴을 보니 콧물이 살짝 나왔다. 태어나 처음으로 여름감기에 걸렸다. 밖에 오래 있던 탓이다. 코가 막혀 잠을 더 자지 못한다. 덕분에 제정신이 돌아왔다. 한가롭게 기분 타령할 때가 아니었다.

초라해지는 비법은 집에서 가만히 있는 거다. 남과 비교하면 더 효과가 빠르다. '나를 부러워하는 사람이 있을까? 다른 아기 엄마들은 행복해 보이는데.' 혼자 집에 있으면 땅굴을 더 크게 팔 수 있다. 깊이 들어가면 나오기 힘들다. 대책이 필요하다. 이대로는 안 되겠다. 밖으로 나갔다. 비가 부스스 내렸다. 양산 겸 작은 우산을 들고나왔다. 낮인데 흐린 날이라 그런지 우울한 기분이 그다지 좋아지지 않는다. 사는 게 무의미하다고 느껴졌다. 길에 아무도 없다. 문득 무서운 생각이 든다. 걸음이 빨라지며 심장도 뛴다. 큰길로 나오니 마음이 놓였다. 웃음이 난다. 우울한 감정은 마음먹기에 따라 쉽게 바뀐다. 더 좋지 않은 상황이 되면 아까 기분은 아무것도 아니다.

요즘은 마음을 자주 들여다본다. '오늘 일이 안 풀려 자존 감이 떨어졌구나.' 알아준다. 그리고 종이에 마구 쓴다. 감정 쓰레기를 쏟아낸다. 냉장고 정리한다. 화장실 청소를 한다. 쓰지 않는 물건은 과감히 버린다. 쓰레기를 버리며 감정도 버린다. 생각지 않는 순간 우울한 기분이 파고든다. 나를 객관적으로 바라보려 노력한다. 글로 끄적이는 것도 좋다. '왜 내가 기분이 우울하지?' '늦잠 잔 탓에 아침이 분주해져서 그런가?' '그런데 그건 내가 늦게 일어나서 그런 거잖아. 그러면 내일은 일찍 일어나야겠다. 요즘 들어 피곤한데 먹거리 좀 신경 써야겠다. 스트레칭하고 몸도 돌보라는 신호구나.'

혼자 중얼거리다 보면 해소된다. 비록 한 번에 최고의 기분으로 돌아가지 않지만 나를 알아가는 과정이다. 마치 이성적인 성인 인양 내숭을 떨었다. 육아하며 내 밑바닥을 보게 되었다. 깊이를 알 수 없던 우울한 마음에 빛이 들게 하려면 우선 나를 인식해야 한다. '하는 일이 잘 안 되는구나. 코로나19라서 그래.

지금 할 수 있는 일이 뭘까? 외부 활동이 힘든 시기니까 육아에 신경 써봐. 황금 같은 시기야. 조금 더 크면 엄마랑 안 놀걸. 그림도 그리고 책도 많이 읽고. 지금 집에서 뭘 할 수 있나 봐.'

나에게 주문을 걸듯 말을 걸었다. 남이 해주는 위로는 더 괴롭게 한다. '애 키우는 게 뭐가 힘들어. 즐겁지.' 이런 말을 들으면 위로는커녕 더욱 화가 난다. 조언을 구하는 게 아니라 내 말을 들어줄 누군가가 필요한 거였다.

지금은 세 가지를 실천하고 있다. 첫째 나에게 말을 건네고 들어준다. 마스크를 쓰니 편하다. 내가 중얼거려도 티가 나지 않는다. 산책하며 내가 나에게 속삭인다. 말하면 마음이 누그러진다. 들어주기만 해도 위로가 된다. 내 마음의 주인은 나다. 남이 하는 말, 누군가의 시선 따위에 상처받고 속상해할 필요 없다. 긍정적인 마음을 전달한다. 부정적인 말은 더 이상 내 것이 아니다. 나에게 와 꽂히지 않는다. 좋은 기운으로 나를 유지하기 위해 부정의 말은 반사한다.

두 번째로는 생각나는 대로 적어본다. 실타래처럼 이야기가 나온다. 어느새 딴생각으로 넘어간다. '그런데 저녁은 뭘 먹을까. 내일 아침 먹을 우유 없는데, 우유랑 파 사러 나가자.' 사야 할 물건 리스트를 적는다. 몸을 움직인다. 운동을 하고 몸을 움직여 일하면 걱정 근심이 없어진다고 한다. 불치병 같은 불면증도 사라진다. 끄적이다 보면 복잡한 머릿속이 정리된다.

세 번째는 사소한 일에 감탄한다. '3월 초인데 꽃이 피었구나. 추운 겨울을 이겨냈구나.' '두 다리로 걸을 수 있고 자연을 느낄 수 있어 행복하구나.' '비가 올 듯 하늘이 흐리구나. 그래도 태양은 반드시 구름 뒤에 있지.' '나뭇잎에 맺힌 이슬이 보석처럼 빛나네. 자연이 준 선물 예쁘다. 은구슬 같아.'

든든한 응원군까지 생겼다. 딸이 나를 위해 축복의 기도를 해준다.

"부정적인 마음이 사라집니다. 긍정적이고 좋은 일만 생각하게 될 겁니다."

육아는 내가 없어지는 게 아니라 오히려 성장시킨다. 비교는 줄이고 칭찬하고 감탄한다. '와! 윤이를 잘 키우고 있어. 칠 년 넘도록 말이야. 대단해. 충분히 잘하고 있어.'

내가 싫은 날이 있다. 바보 같다는 생각이 들기도 한다. 부정 언어를 다 쏟아낸다. 긍정도 말해 본다. 내가 하는 말은 그냥 들어주고 끄적여 본다. 움직일 힘이 생기면 밖으로 나간다. 초라해졌다고 느낄 때 나를 더 안아준다.

나대는 팔랑귀(국민 아이템)

'지름신'을 조심해야 한다. 육아용품은 귀여운 게 많기 때문이다. 초보 엄마인 나의 눈을 사로잡는다. 드라마에서는 출산 준비하는 장면에 꼭 보이는 물건이 있다. 아기 양말과 모빌이다. 아기 키운 경험이 없어 실용성은 따지지도 않는다. 아기를 기다린 만큼 귀엽고 이쁜 물건들로 꾸며주고 싶었다. 지나고 보니 없어도 그만인 게 많았다.

카시트 겸용 바구니와 아기차는 조카가 쓰지 않아 물려받았다. 크고 튼튼한 아기차는 사용기간이 짧다. 그래도 영아기에는 '흔들린 아기 증후군' 예방을 위해 필요하다. 여동생이 열

무작정 육아

달 먼저 출산한 덕분에 물려받은 게 많았다. 어떤 브랜드를 살지 고민하는 수고도 덜었다. 아기 침대는 이케아로 정했다. 후기를 찾고 또 찾았다. 가성비도 좋고 평도 괜찮고 디자인도 깔끔했다. 조립하는데 수고가 들었지만 유용하게 쓴 품목 중 하나다. 침대랑 같이 산 트롤리는 아직도 잘 쓰고 있다. 기저귀랑 아기 옷을 수납했던 트롤리는 색연필, 물감, 사인펜 등 미술용품 정리함이 되었다.

출산 전 배냇저고리를 선물 받았다. 가제 수건, 천 기저귀 등 아기 피부에 닿는 것은 빨아 두라고 한다. 아기 세탁기가 있으면 편하다며 블로거가 추천해 줬다. 좁은 세탁실에 세탁기가 두 대가 가능할까? 비좁지만 기사님이 알아서 설치한다. 아기 세탁 세제도 선물로 받았다. 에너지 소비 효율이 3등급이다. 양이 적은 아기 옷이라 전기 요금 걱정은 덜 해도 된다고 한다. 요즘 세제가 잘 나오니까 조금만 사용하라는 팁도 알려줬다. 아직도 윤이 옷 세탁 전용으로 잘 쓰는 중이다.

좋은 식습관을 기르려면 식탁 의자가 필요하다. 아이 주도 이유식 시작하기 전 책에서 알려준 대로 준비했다. 마침 윤이 친구 집에 놀러 가서 보니 유아용 식탁 의자를 쓰고 있었다. 윤이를 앉혀보니 거부 없이 앉는다. '슈퍼맨이 돌아왔다'에 나왔던 제품으로 제법 비싸다. 어른이 앉아도 흔들림 없이 튼튼하다. 인기 제품이라 중고로 나오면 바로 팔린다. 거래 장소가 멀면 갈 수 없다. 마땅한 중고가 나오기를 기다려 살 수 있게 되었다. 중고로 물건을 사려면 인내심이 필요하다. 내가 직접 갈 수 없으니 남편 시간도 물어봐야 한다. 어렵게 샀지만 만족한 의자였다. 아이 키가 자라면 높이를 조절할 수 있다. 생후 8개월부터 쓰던 의자. 초등학교에 입학하고 나니 새 의자가 필요했다.

아쉬운 물건도 있다. 수유할 때 앉는 소파가 그렇다. 일인용 리클라이너. 회전도 되고 각도 조절도 가능하다. 수틀이 있어 다리 부종 예방에도 좋다. 젖을 먹일 때뿐만 아니라 평상시 쉴 때도 편했다. 하지만 공간을 많이 차지하는 단점이 있었다. 윤이가 어릴 때는 느끼지 못했다. 두 돌이 지나니 아기 책을 둘 공간이 필요했다. 소파에서 쉬는 시간이 많아져 허리도 아팠다. 동네 육아카페에 나눔 글을 올렸다. 일주일이 지났지만 아무도 댓글을 달지 않는다. 자리를 많이 차지하는 소파는 부담되기 마련이다. 삼십만 원으로 이 년간 편하게 쉬었다. 아무도 가져가지 않아 폐기물 스티커를 붙였다. 오후에 마트 가려고 나가보니 고철 부분은 누군가 가져가고 의자 윗부분만 덩그러니 놓여 있었다.

누워만 있던 윤이가 앉고 기기 시작했다. 머리 부딪힐까 염려된다. 찾아보니 '머리 쿵 보호대'라는 상품이 있다. 헬멧처럼 생긴 보호대. '어머 이건 사야 해!'하며 고민 없이 카드를 긁었다. 택배가 오자마자 윤이 머리에 씌워보려 했다. 넘어져도 부딪혀도 괜찮을 것 같았다. 하지만 거부했다. 두꺼운 외투, 불편한 옷을 싫어하는 윤이. 머리에 쓰는 모자도 당연히 싫어했다. 한 번 제대로 쓰지 못하고 중고로 내놨다. 반값에 글을 올리자마자 판매되었다.

'국민 아이템'이라고 불리는 용품들은 가성비가 좋다. 상품평을 잘 읽어보지 않고 사는 경향이 있다. '국민 문짝' 없는 집이 없다. 더 이상 팔지 않는 구버전이 인기가 좋다. 중고 알림을 걸어뒀다. 매번 놓치니 말이다. 별로 필요하지 않았지만, 남들이 열을 올리고 사니 나도 동참할 뿐이었다. 몇 번의 도전 끝에 중고 거래가 성사되었다. 부속품이 몇 개 없는 게 흠이다. 또 중고를 뒤졌다. 빨강, 파랑, 주황 플라스틱 공. 부속품이 모두 있으면 되팔 때 제값을 받을 수 있다. 애써 공을 샀는데 정작 윤이는 관심이 없다.

공동구매, 특가 그냥 지나칠 수가 없다. 한번 클릭. 결제가 쉽다. 기저귀랑 물티슈만 사려고 했는데 귀여운 머리핀, 양말도 산다. 배송비가 나가니까 금액을 채운다. 육아용품은 있으면 편하다. 없어도 그만인 물건도 많다. 사면 살수록 다른 게 필요하고 더 사고 싶어진다. 책 받침대가 세 개가 있다. 《불량육아》 '하은 맘'이 추천하던 책 받침대만 두 개다. 얼마 전 인스타그램에서 세련된 디자인을 발견했다. 투명 책 받침대보다 좋아 보인다. 며칠 후 판매 예정이라며 광고한다. 알림 설정하면 최대 할인을 받을 수 있다. 네이버 스마트스토어에 들어가 알림 설정을 누를 뻔했다. 집에 있는데도 또 사고 싶은 마음이 뭔지.

'팔랑귀', '지름신'이 스트레스를 키웠다. 카드를 긁는 순간은 기분이 좋다. 하루 이틀만 기다리면 도착한다. 딱 그 시간까지만 행복하다. 충동구매를 조심해야 하는 이유는 이렇다. 첫째, 도착하면 택배를 정리해야 한다. 종이 상자, 비닐 포장, 뽁뽁이 등등. 많이 사면 살수록 내 노동 시간이 길어진다. 산 만큼 쓰레기가 생긴다. 두 번째는 둘 만한 곳을 마련해야 한다. 책상을 사지 못하는 이유가 둘 곳이 마땅치 않아서다. 무언가를 사기 위해서는 버려야 한다. 공간은 한계가 있다. 계획 없이 무언가를 들이면 불편하다. 물건을 위해 쉴 곳을 내줘야만 한다. 마지막으로 한숨을 짓게 만든다. 특별히 비싼 물건을 사거나 낭비하지 않았다. '이만 원 정도는 괜찮겠지.' 자잘한 청구 금액이 나의 한 달을 말해 준다. 신용카드 편하다. 쉽게 살 수 있다. 복잡한 인증이 필요 없다. 요즘은 얼굴만 보이면 결재가 끝이다. 쉬울수록 청구서가 길어진다. 욕망을 채우기 위한 소비는 카드를 긁는 순간뿐.

늘어난 씀씀이를 줄이기 위해 매일 가던 카페를 한 달간 끊기로 했다. 쿠팡도 당분간 보지 않기로 했다. 보면 사고 싶은 마음이 생기기 때문이다. 노력하지 않으면 원래대로 돌아간다. 무언가를 살 때, 버릴 때를 떠올려 본다. 버리기 쉬운 물건인가? 나중에 중고로 잘 팔릴까? 전집을 들이기 전에는 윤이에게 물어본다. 팔아도 되는 책이 뭐냐고. '당근'에 올려 팔거나 나눈다. 비워내며 육아하면 집은 가벼워지고 지갑은 든든해진다. 채워야 할 것은 물건이 아니라 흔들리지 않는 정신력이다. 한 달 동안 지출한 목록을 보면 내가 보인다. 청구서를 출력해 빨간 색연필을 든다. 욕망이 들어간 부분에 표시한다. 다음 달은 이보다는 낫기 위해.

제5장

'맘'대로
키우기

칭얼대는 아이에게

칭얼대는 이유가 있다. 피곤할 때, 원하는 대로 되지 않을 때, 아플 때다. 조짐을 알아차리지 못하면 난리가 난다. 출산한 달 후, 산후 마사지를 받으려 예약했다. 전신 마사지라 두 시간 걸린다. 그 정도면 남편이 혼자 볼 수 있다며 차로 데려다 줬다. 윤이를 바구니 카시트에 앉혔다. 나를 내려주고 둘은 집으로 갔다. 등 마사지를 받는데 젖이 찼다. 윤이 분유 먹이고 트림시켰겠지? 생각도 잠시, 뜨듯한 찜질에 잠이 들었다. 두 시간 후 남편이 데리러 왔다. 윤이는 내가 내리고 몇 분 후 자지러지게 울었다고 한다. 엄마가 없어서가 아니라 배가 고파서. 집에 도착할 때까지 고막을 울리는 울음이 차 안에 울렸다고 한다. 영아 시기에는 배가 고프거나 졸릴 때 운다. 간혹 아플 때도 있으니 살펴봐야 한다. 대찬 울음으로 존재감을 알렸다.

피곤하면 칭얼거렸다. 낮잠을 푹 자지 않으니 늦은 오후가 되면 짜증을 낸다. 이유식을 시작하고 나서는 저녁 준비 시간이 곤욕이다. 주방일에 서투르니 뒤를 돌아볼 여유가 없다. 징징거리는 소리를 들으면 식은땀이 난다. 내 신경도 곤두선다. 급변기 시기는 짜증이 는다더니 정말이다. 노란 아기용 의자에 앉혀 튀밥을 뿌려줬다. 손을 폈다 쥐어 입으로 가져간다. 가스불을 봐야 해서 그 광경을 오래 보지 못했다. 입에 들어가는 튀밥은 별로 없다. 그래도 열심히 입으로 가져간다. 며칠은 튀밥이 통했다. 다음에는 떡 뻥튀기를 손에 쥐어 줬다. 소리 나는 장난감도 관심 끌기에 좋았다. 돌이 지나니 보채는 날이 줄어들었다. 졸리고 피곤하니 엄마의 관심을 받고 싶었던 거였다.

생후 27개월부터 어린이집에 다녔다. 어린이집에서 가장 어린 만 2세 반이다. 같은 반에는 연말 생으로 태어난 아이들이 제법 있었다. 윤이랑 비슷한 개월이라 걱정할 필요는 없었다. 일주일은 엄마들과 같이 등원했다. 교실 안에서 엄마들이 같이 있으니 잘 논다. 두 번째 주부터는 아이 혼자 들어가서 생활한다. 잘 놀면 점심까지 먹고 온다. 윤이가 어린이집에 등원하고 처음으로 집에 혼자 있던 날. 아무도 없는 평일 낮이 낯설다. 윤이가 있으면 하지 못하는 일을 꺼냈다. 20kg 쌀을 페트병에 담는 거다. 윤이 자는 밤에만 하던 소분 작업이 가능하다. 이런 날이 오다니 기분이 묘했다.

두 돌이 지나면서 말이 부쩍 늘었다. 어린이집에서 있었던 일도 곧잘 말한다. 혼자 하는 일도 많아졌다. 그중 양말 신기를 제일 잘한다. 그림 그리기는 손힘이 약해 형태 없이 회오리만 그려댄다. 안전 가위로 가위질을 지켜봤다. 내가 하던 가위질을 흉내 낸다. 손에 가위를 쥐긴 하지만 제대로 되지 않고 구겨지기만 하니 화를 낸다. 가위질은 어려울 거라 예상했다. 더군다나 안전 가위는 플라스틱 가위라 잘 들지 않는다. 그렇다고 잘 잘리는 가위를 아이에게 줄 수는 없다. 내가 대충 오려줬다. 윤이는 하는 시늉만 했다. 혹시나 하는 마음에 다른 가위도 사봤지만 똑같다. 가위질은 소근육이 발달되어야만 가능했다. 오린 것을 풀칠해서 스케치북에 붙여봤다. 풀칠은 힘든 작업이 아니라 여겼다. 하지만 풀칠도 협응력이 필요하다. 저녁밥을 하는 동안 혼자 하게 하려고 미술 놀이 도구를 사줬다. 혼자 놀기는커녕 짜증만 나게 만든 셈이다.

디즈니 애니메이션 '겨울왕국 2'. 윤이 세 돌쯤 개봉했다. 엘사 드레스가 품귀현상이다. 원단을 사서 직접 만들어 줬다.

엘사 드레스 패턴을 사서 그대로 재단하면 된다. 머리띠, 마술봉, 장갑만 주문했다. 윤이 입이 다물어질 줄 모른다. 한창 공주 놀이할 때다. 어린이집에서 오자마자 드레스로 갈아입는다. 저녁 먹기 전까지 입고 논다. 저녁 식사 준비할 시간. 장갑이 문제다. '겨울왕국'에서 대관식을 하는 엘사는 장갑을 벗었다 낀다. 그 장면을 따라 해야 하는데 장갑이 싹 끼워지지 않는다. 손가락장갑이 끼기 힘들다는 것을 미처 몰랐다. 서너 번 도와주고 나면 나도 슬슬 올라온다. 뺐다 끼기를 무한반복 한다. 코로나19로 집에서 노는 동안에도 엘사 변신은 이어졌다. 혼자서도 장갑을 잘 낀다.

"엄마, 안나처럼 장갑 낀 손 잡아봐."

대관식 장면이 뭐가 그리 재밌는지 몇 번을 반복한다. OST를 들으며 춤을 추고 혼자 잘 논다.

저녁 먹고 설거지하려고 파란 라텍스 장갑을 끼었다. "엄마, 엘사 같아."

일곱 살이 되니 어린이집에서도 글씨 쓰는 연습을 한다. 주말에는 독서 통장에 읽은 책 제목과 지은이를 써 간다. 독서 통장을 많이 쓴 아이는 메달을 받는다. 매달 두 명 뽑았다. 3월에 친구가 받는 것을 보고 나니 불이 붙었다. 책 읽는 건 좋아한다. 글씨는 쓰기 싫다. 독서왕 메달을 받기 위해 애를 썼다. 웃으며 재밌게 보던 책을 덮으면 표정이 변한다. 써야 하니까. 긴 제목은 그나마 낫다. 작가 이름이 길면 칸이 좁다고 난리다. 글씨를 못 쓰는 친구는 엄마가 써주기도 한단다. "엄마가 몇 개 써줄까?" 하니 써달란다. 한번 해달라고 하더니 다음에는 자기가 알아서 써갔다. 통장이 점점 두꺼워졌다. 일 년 동안 독서를 많이 해 독서왕 상장을 받으며 졸업했다.

어린이집 다닐 때 독서 통장과 함께 일기도 썼다. 일기는 독서 통장보다 더 쓰기 힘들다.

"엄마 나, 일기 뭐 써?"

할 말이 없다. 나도 쓰기 싫었으니까. 일기로 쓸만한 이벤트가 없다. 아침부터 일어난 일에 대해 떠올려 본다. 도저히 쓸 게 없단다. 일기에다 쓰기에는 시시하기 때문이란다. 일기 쓰기는 내 고민이 되었다. 온라인 서점을 뒤졌다. 일기에 관한 책을 찾기 위해. 《난중일기》, 《안네의 일기》도 있지만 윤이가 적용할 수 있어야 한다. 절판 도서 《나는 일기 마법사》와 《나, 오늘 일기 뭐 써》 참고하며 쓰라고 하니 좀 낫다. 여전히 일기 쓸 때는 억울한 표정이다. 글씨마저 삐뚤빼뚤하다. 생각나는 대로 말할 수 있지만 글로 옮기는 건 어른도 어렵다. 크리스마스나 생일처럼 특별한 날만 있을 수는 없다. 매일 생일 같은 마음으로 지내길 바란다. 초등학생이 되니 칭찬이 도움 된다. 아이마다 다르겠지만 윤이는 칭찬에 약하다. 칭찬 기법, 가끔 쓰고 있다.

독서 노트 쓰기, 일기 쓰기 싫다며 징징거린다. 조금 더 크면 어떤 일로 칭얼거리게 될지. 친구랑 다툰 이야기, 남자 친구 이야기 등등 지금과는 전혀 다른 문제로 힘들어할 터다.

외출하면 달래는 방법이 달라진다. 관심 끌만 한 스티커 북, 소리 나는 책이 아기차나 배낭 안에 항상 들어있다. 사탕과 같은 역할을 하는 간식, 들고 다니며 비상시 준다.

아무것도 없을 때는 엄마의 창의력을 발휘하면 된다. 애착 인형 아기곰을 공처럼 둥글게 말아 윤이랑 까꿍 놀이한다. '까르륵' 칭얼거리는 소리 대신 웃음소리를 들을 수 있다. 아이도 스트레스 푸는 방법이 있으면 좋다. 구석에 들어가 꼼지락거리며 무언가 만든다. 쿠션에 파묻혀 책을 보기도 한다. 침대에 누워 애착 이불 냄새를 맡으며 안정을 취한다. 음악을 들으며 기분 전환한다.

언제나 웃는 얼굴은 쉽지 않다. 그 안에서 미소를 찾아보려 노력한다. 취향과 웃음 코드를 안다면 조금 쉽게 찾을 수 있다. 윤이가 좋아하는 간식을 챙긴다. 물통 하나, 책 한 권, 메모지, 연필 한 자루. 외출용 준비물을 넣은 배낭을 메고 나들이 간다. 칭얼거림, 이 또한 지나간다.

대충이라도 괜찮다

엄마만 밥을 하라는 법은 없다. 기회를 주면 아이도 샐러드 정도는 뚝딱 만든다. 윤이에게 아침을 맡겼다. 엄마는 좀 더 자라고 한다. 덕분에 아침 8시까지 푹 쉬다가 방에서 나왔다. 아빠랑 닭가슴살 샐러드를 믹싱 볼에 담아놨다. 소스를 뿌려 섞어, 먹기만 하면 된다. 아침 늦잠과 여유를 누리니 호텔 조식 안 부럽다. 가끔 부탁해 봐야겠다. 신생아를 키울 때는 상상하지 못했다.

아침 일곱 시 수유가 아침 시작이다. 잠깐 놀고 재운다. 울면서 일어나 젖을 먹이면 논다. 졸다가 낮잠을 재운다. 일과가

무작정 육아

'먹고 놀고 자고' 무한반복이다. 전문가들은 '먹놀잠' 패턴을 추천한다. 내가 보던 책에 의하면 신생아는 낮잠을 두세 시간 잔다. 모든 아이가 두 시간 넘게 자는 건 아니다. 오십 분 자고 깼다. 길면 한 시간 십오 분. 먹는 양이 적어 푹 잠들지 못하나? 고민해 봐도 소용없다. A4용지를 냉장고에 붙여 두고 시간을 기록했다. 일어난 시간. 몇 분 동안 젖을 먹었는지. 놀다 잠든 시간. 다시 일어난 시간. 며칠 빼곡히 적었다. 결론, 윤이는 푹 자지 않는다. 잠이 없다. 잘 먹지 않는다. 깨작거린다. 분유를 먹여도 마찬가지다. 엄마 젖이 맛없는 게 아니었다. 분유도 먹다가 남긴다.

생후 백 일이 지나니 통잠을 잤다. 사람이 잠을 잘 자야 행복하다는 말을 실감했다. 꿀잠은 삶의 질을 높인다. 낮잠은 내버려 두기로 했다. 애써 재우지 않고 자야 할 시간에 침대에 눕혔다. 낮잠 재우려고 애쓰는 시간에 나도 침대에 누워 잤다. 휴식 시간은 내가 확보한다. '알아서 자겠거니' 하며 침대에 내려놓으니 나도 쉬고 좋다.

아기차를 끌고 문화센터에 다니면 낮잠을 아기차에서 재워야 한다. 애를 재우려 마트를 몇 번을 돌아도 자지 않는다. 구경거리가 많으니 잘 수가 없다. 만보기를 달았으면 이만 보 거뜬히 채울 정도다. 그냥 앉아서 쉰다. 샷 추가한 아이스라테 제일 큰 것으로. 같이 온 엄마들은 윤이 벌써 자냐며 눈이 동그래진다. 나는 고개를 저으며 그저 웃는다. 자는 게 아니라 자라고 그냥 뒀다. 몇 번 칭얼거렸지만 잠투정이다. 어느새 잠들고 딱 한 시간 자고 일어난다. 같이 수업 듣는 친구들은 두 시간은 너끈히 잔다. 애써서 재울만한 가치가 있다. 윤이는 한 시간 채 자지 않는 날이 허다하다. 윤이가 깨면 내 수다도 끝난다. 벌써 일어났냐며 다들 놀란다. 휴식 시간은 내가 확보해야 한다. 쉴 수 있는 시간을 한 시간 반 확보하는 셈이다. 대충 재워도 윤이는 잘 만큼 자고 일어난다. 그러면 됐다.

이십 대 초반 방문교사로 일한 경험이 있다. 길치라서 골목 골목 돌아다니려면 정신을 바짝 차려야 한다. 세세하게 적고 또 적었다. 다행히 헤매지 않고 잘 다녔다. 내가 맡은 아이들은 육십 명이 넘었다. 하루에 열 명 넘는 아이들 집을 방문해야 한다. 진도도 모두 다르다. 적어두지 않으면 뒤섞여 난리가 난다. 그때 생긴 습관인지 필요한 건 꼼꼼히 적는다. 나만 알아보지만 상관없다. 처음 몇 달은 신경이 곤두섰다. 긴장을 늦추면 일정이 어긋나기 때문이다. 한여름이 지나갔다. 날이 선선해지니 편해진다. 사무실에 출근해 진도표를 체크하고 교재를 챙긴다. 놀이는 어떤 것을 할지 미리 준비해서 나온다. 내가 좋아하는 아이들을 만날 수 있는 기다리는 목요일이다. 귀여운 아이들도 나를 기다린다. 십오 분 남짓 수업 시간 동안 초집중하며 나를 바라본다. 첫 가정에 들어가기 전 계단에서 메모와 교재를 빼꼼히 미리 빼둔다. 그런데 교재가 없다. 목요일 교재를 하나도 챙기지 않은 거다. 다시 사무실로 돌아갈 수 없다. 일정이 감당 안 된다. 잠시 머리를 굴렸다. 지금까지 배운 낱말을 정리하는 날로 삼았다. 일단 아무렇지 않게 들어갔다.

"안녕하세요? 안녕?" 동그란 눈을 하고 아이들이 문 앞에 기다리고 있다.

"어머니, 커다란 볼에 물 담아 주시고 국자 하나만 주세요." 수업 시작하는 노래를 부른다. 아이 엄마가 준비해 준 볼을 상에 올려두니 관심 집중이다. 네임펜과 종이를 꺼내 지금껏 배운 글자를 적어 오린다. 찢어져도 괜찮다. 어차피 일회용이니까.

"자, 오늘은 글자 찾기 놀이해 볼 거야. 자전거에 '자' 찾아서 국자로 떠볼까?"

한글을 더듬더듬 읽는 아이도 직접 만들어 수업했다. 지난주 교재에서 문장을 자른다. 음절 단위로 잘라 섞는다. 새로운 문장을 만들며 읽는다. 지금껏 해보지 않은 방법이라 아이 반응은 흥미로웠다. 아무렇지 않은 척 연기했다. 누군가는 알아차렸을지도 모르겠다. 하루 별 탈 없이 마무리했다.

애써서 잔뜩 준비해 가도 아이가 도통 반응이 없을 때도 있다. 공들여 준비해 간 게 소용없는 날도 있다. 즉석에서 만들어 대충 놀아도 아이만 즐거우면 된다.

그림책 《프레드릭》을 쓴 '레오 리오니'는 그림책 작가가 아니었다. 광고 일을 했었다. 50세에 손주들과 기차로 여행하던 중 아이들을 조용히 시키기 위해 뭔가를 해야만 했다. 마침 잡지 안의 노란색과 파란색이 그의 눈에 띄었다. 그것을 찢어 이리저리 움직이며 이야기를 지었다. 《파랑이와 노랑이》가 그렇게 탄생했다. 《파랑이와 노랑이》를 보면 노랑, 파랑 색종이를 손으로 찢어 구성한 것을 볼 수 있다. 고정관념에서 벗어나 신선하다. 머리를 싸매고 계획해 만든 작품이 아니다. 때로는 대충 즉흥적으로 만든 것들이 빛을 발하기도 한다.

코로나19가 한창이던 시기에 윤이랑 매일 놀았다. 준비물이 거창하면 내일은 하기 싫어진다. 언제 끝날지 모르는 전염병 덕분에 나의 창의력이 빛을 발한다. 대충 집에 있는 재료로 만들고 논다. 망치는 건 없다. 나무젓가락에 사람을 그려 붙인다. 인형극 준비 완료이다. 생각나는 대로 이야기를 지어내도 깔깔거린다.

종이에 메시지를 적는다. 종이비행기로 접어 날린다. 글씨 쓰기와 종이접기, 날리기. 소근육 대근육을 쓰며 글씨 연습까지 일거양득이다. 누군가는 '와! 진짜 별거 아니네.' 할지도 모르겠다. 그래도 엄마와 놀아 본 따스함은 고스란히 남아있을 거로 생각한다.

처음부터 완벽하게 준비해 놀아줘야겠다고 마음먹었다면 얼마 가지 못해 지쳤을 거다. 힘을 뺀다. 적당히 쉬며 때로는 혼자 놀게 두었다. 아무것도 해주지 않는 방치만 아니면 된다. 내가 만든 울타리. 그 안에서 아이는 자란다. 윤이 이름의 앞에는 요리가, 화가, 만화가, 작가, 연구가 역할이 다양하다. 윤이가 요리사가 되면 호텔식 아침을 먹을 수 있다. 만화가가 되면 내가 제일 먼저 만화를 볼 수 있다. 방목으로 자란 아이의 창의력은 무궁무진하다.

미디어와 공존하는 책

텔레비전이나 영상 콘텐츠, 잘 이용하면 육아에 도움이 된다. TV를 늘 켜두지 말고 필요한 때에 적절히 이용하면 좋다. 조절할 수 있으면 TV와 스마트폰은 최고의 육아 도우미다. 책과 함께하면 효과는 배가 된다.

드라마를 좋아했다. 예능프로그램도 즐겨 본다. 2007년에 방영한 〈커피 프린스 1호점〉 촬영지인 부암동 '산모퉁이' 카페에 가보고 싶어 다녀오기도 했다. 잠시지만 바리스타에 관심이 생겼었다. 드라마에 나왔던 배우들이 다른 작품에 나오면 챙겨봤다. 〈시크릿 가든〉이 할 때는 퇴근하며 보기 위해 이어폰을 챙겨 다녔다. 평소 퇴근 셔틀버스에 타면 잠자기 바쁘다. 하지만 드라마가 하는 날은 DMB 수신이 잘 되는지 확인하느라 분주하다. 공항에서 일하던 중 현빈의 출국 소식을 들었다. 베를린 국제영화제 참석을 위해 출국한단다. 점심도 먹지 않고 현빈을 보기 위해 출국장으로 갔다. 입국장에서 아이돌 기다리는 사람들 마음을 조금은 알 것 같다. 직장인에게 소중한 점심시간을 쓴 보람이 있었다.

고등학교 1학년 때 만해도 드라마를 좋아하지 않았다. 연예인 이름도 잘 모르고 살았다. 사는데 지장이 별로 없었기 때문이다. 그러다 주말드라마, 미니시리즈를 챙겨보기 시작했다. 드라마를 볼 때는 푹 빠져 보지만 끝나면 공허하다. 멍한 느낌이 싫다. 다시는 보지 말아야지 생각했다. 곧 결심으로만 끝났다. 잘 만들고 재밌는 드라마는 계속 나왔다. 김희선 주연 〈토마토〉를 보며 디자이너 꿈을 키웠다. 〈꽃보다 누나〉를 보며 크로아티아 여행을 꿈꿨다. 일 년이 지나고 실행으로 옮겼다. 지금은 윤이와 함께 가기를 꿈꾸고 있다. 무언가를 좋아하고 하고 싶은 일이 생기면 꼬리에 꼬리를 물고 다른 분야로 확장된다.

영상을 잘 이용하면 최고의 학습 도우미다. 아이가 좋아하는 디즈니 애니메이션이 책, 오디오 등 다른 매체로 연결된다.

앤서니 브라운 뮤지컬을 보고 나서 작가의 책을 더 찾아보기도 한다. 백희나 작가 《구름빵》은 영어로 된 영상도 있다. 친근한 캐릭터가 나오고 잘 아는 내용이라면 접근이 쉽다.

한류 드라마가 뜨자 한국어를 배우려는 사람들도 많아졌다. 좋아하는 작품, 배우의 대사를 원어로 듣고 말하고 싶어진 거다. 언어를 배우고 문화를 알고 싶어진다. 여행 계획까지 세우게 된다. 하나에 몰입하면 거기서 끝이 아니다. 누가 시키지 않아도 확장하게 된다.

유아 프로그램을 찾아봤다. 단연코 뽀로로와 핑크퐁이다. 우리나라는 유아 콘텐츠 역시 잘 만든다. 어른이 봐도 시간 가는 줄 모르겠다. 윤이는 아직 어려서 관심이 없었다. TV 도움 없이 혼자 장난감 책을 가지고 잘 놀았다. 아기 책장에 꽂혀있는 책을 하나씩 꺼내 넘기는 연습 중이다. 순식간에 책을 다 꺼낸다. 책 넘기는 게 최고의 놀이다. 저녁에 샤워하고 잠옷으로 갈아입히면 책이 있는 곳으로 기어가 책을 본다. 일부러 텔레비전을 보지 못하게 하지 않았다. 책으로 노니 굳이 TV를 틀어두지 않을 뿐이었다.

영상 도움을 받을 때도 있다. 집에서 앞머리를 잘라야 하는데 '오 분만 움직이지 않게 할 방법이 없을까?' 미용실에 가서 의자에 앉아 가만히 있어야 하는데.' 그럴 때는 윤이가 좋아하는 디즈니 애니메이션을 보여 주기도 했다.

미국 소아학회에서는 만 2세 미만 아이에게는 영상을 보여 주지 말라고 한다. 어린이집에 다니면서부터 자연스럽게 영상을 접하게 되었다. 초등학생이 된 지금은 저녁 식사 후 보는 유튜브가 소소한 재밋거리다. 코로나19 집에 있는 동안 영국 BBC에서 만든 〈넘버 블럭스〉를 애청했다. 숫자 100까지 세기를 한글보다 영어로 더 쉽게 할 정도였다. 그리고 〈맥스 앤 루비〉도 좋아하는 콘텐츠다. 영상을 보다가 "엄마, 맥스 앤 루비 책 사 주세요." 한다. 설거지하다 말고 바로 검색했다. 집에 한글책이 한 권 있긴 했다. 오! 영어책 시리즈가 있다. 우리나라 택배 배송 속도는 인터넷만큼 빠르다. 유튜브 영상과 같은 내용으로 된 책도 있다. 한글은 읽을 수 있지만 아직 영어는 잘 모른다. 하지만 영상을 반복해서 본 덕분에 대충 읽는다. 외워진 거였다. 매일 이삼십 분 유튜브 시청으로 본 효과다.

방학 중에는 도서관에 자주 간다. 하루는 옷 입기 귀찮아하는 윤이를 두고 혼자 다녀왔다. 추우니 나도 나가기 싫다. 반납할 책도 있고 예약한 도서도 있으니 꼭 가야 한다. 도서관은 사람도 별로 없고 한가롭다. 그림책 빌려 갈 게 뭐가 있을까? 천천히 둘러봤다. 좋아하는 시리즈는 질리도록 보는 아이라 보지 않은 책을 빌리고 싶었다. 《멋쟁이 낸시》를 꺼냈다. 블로거가 추천하는 것을 언뜻 본 기억이 난다. 홈런까지는 아니어도 3루타는 쳤다. 보고 또 본다. 그림이 공주풍으로 화려하다. 영어 원서를 파는 인터넷 서점 '웬디 북'에서 시리즈로 팔고 있다. 유튜브에서 볼 수도 있다. '디즈니 키즈'를 검색해 보면 애니메이션도 다양하다. 책과 영상을 오가며 보는 시대에 살고 있다. 큰돈 들이지 않고 누리는 게 가능하다.

아이가 좋아하는 책이나 영상이 뭔지 아는 게 가장 중요하다. 흥미 있는 분야를 알면 계속 가지를 뻗어갈 수 있다. 처음 보여 준 영상 콘텐츠는 뽀로로였다. 반응이 시큰둥하다. 그러면 다른 것을 찾으면 된다. 좋아하는 무언가를 발견하면 관련 콘텐츠를 찾아보면 좋다. 영어 노출에 유튜브만 한 게 없다. 학원으로 이동하지 않아 편하다. 관심 있는 것을 자기가 고르기도 한다. 주말에는 가족 모두 영화도 시청할 수 있다. 한글을 뗀 아이들은 간혹 영어로만 나오면 싫어할 수 있다. 그때는 좀 더 세심한 관찰이 필요하다. 어떤 포인트가 싫은 건지, 천천히 다가가야 한다.

내 아이는 '영 포 자'가 되지 않길 바랐다. 어릴 때부터 영상물은 영어로 된 것만 보여줬다. 영상을 본다면 이왕이면 영어

콘텐츠라는 생각이었다. 거부감이 없다. 평소 TV를 자주 보지 않던 터라 자막 없이 영어로만 나와도 상관없다. 아이가 알아듣는지는 확인하지 않는다.

지나치게 오래 보고 있다면 타이머를 활용하면 된다. 윤이 일곱 살 때, 디즈니 레고를 좋아했다. 아웃렛이나 마트에 가면 꼭 사지는 않아도 구경해야 직성이 풀렸다. 산타할아버지에게 미녀와 야수 레고를 선물해 달라고 할 정도다. 유튜브에서 레고 소개하는 영상을 한 시간이 넘도록 보고 있다. 영어로 설명하며 레고 조립하는 유튜버. 보면 볼수록 사고 싶어지고 다음 레고가 궁금하다. 끝이 보이지 않아 타이머로 최소 10분, 최대 30분 돌린다.

레고 소개해 주는 언니가 하는 말이 이해되는지 궁금했다. 얼마 전 물어보니 다 알아듣지는 못한단다. 그냥 보면 재밌어서 보는 거라고. 유창한 영어 실력도 중요하다. 자신이 무엇을 좋아하는지 어디에 몰입하는지는 더 중요하다. 더불어 스스로 조절할 줄 아는 아이로 자라길 바란다.

최악이 아니면 성장이다

내가 왜 열심히 할까? 실패하기 싫어서? 내가 얻는 것이 뭐지? 하려던 일이 순조롭지 않으면 '그러면 그렇지.' 자책하며 자기 비하가 심해진다. 여기서 무엇을 얻을 수 있을까? 어떤 의미를 찾을 수 있을까? 이 길 끝은 어떨까? 이제 질문을 나에게 던진다.

분, 초를 쪼개가며 바삐 살았다. 시간 낭비하는 게 최악이라 여겼다. 전업주부가 되었다. 하나의 가정을 꾸려나가는 사람이다. 소소한 집안일부터 아이 보육, 교육은 물론 가족의 건강까지 책임진다. 주부의 손이 닿지 않는 곳이 없다. 엄마는 아파서도 안 된다. 생각해 보면 중요한 역할이다. 아이를 먹이고 씻기고 재우며 반복되는 일상이 지루해졌다. 멈춰있는 나를 보기가 힘들다. 그날이 그날 같다.

남과 비교하면 불행하다. 인스타그램을 보면 환한 거실에 예쁘게 꽂혀있는 책들, 먼지 하나 없을 것 같다. 아이들은 어떤가? 귀여운 옷을 입고 자세도 자연스럽다. 모델이 따로 없다. 아이 키우는 엄마도 젊고 생기가 넘친다. 나도 화장품을 바꾸면 나아지려나 인터넷 쇼핑을 나선다.

나 혼자 뒤처지는 거 아니야? 그들처럼 살고 싶은 욕망이 생긴다. 그들이 파는 물건을 산다. 유아 과학책 세 권. 한 권당 삼만 팔천 원이다. 할인 후 대략 십만 원. 카드로 긁었다. 막상 받아보니 난감하다. 어떻게 보여 줘야 할지 잘 모르겠다. 그냥 꽂아뒀다. 급하게 필요하지 않은 아이 용품으로 내 욕구를 채웠다. 귀여워서. 나중에 필요할 거 같아서. 나도 이쯤 살 수 있다는 것을 보여 주기 위해서다.

끊임없이 무언가를 배우러 다녔다. 옷 수선하기, 인형 만들기 전문가 과정, 심지어 경매 수업도 들으러 다녔다. 마흔이 넘어도 채워지지 않는 무언가를 찾아다녔다. 시간과 돈을 들였지만 계속 이어지지 않았다. 실속 없이 바쁘기만 했다.

"성공에 있어 가장 어려운 면은 성공한 상태를 계속 유지해야 한다는 것이다. 이 분야에서 재능은 출발점일 뿐이다. 당신은 그 재능을 계속 연마해야 한다. 언젠가 재능을 구하려 하면 그것은 거기에 없을 것이다."

미국 작곡가 '어빙 베를린'이 한 말이다.

어린 시절이 자주 떠오른다. 내 아이는 자존감이 건강한 아이로 자라기를 바랐다. 나는 먼저 나서서 말하기, 의견을 내지 않는 조용한 아이였다. 인사하지 않고 엄마 뒤로 숨는 나를 보고 격려하는 사람은 없었다. 저래서 어떡하냐는 말만 들었다. 그럴수록 더 기죽는다. 바꾸고 싶은 단점은 늘 따라다녔다. 고쳐보려 노력해 봤다. 떨리지 않은 척, 창피하지 않은 척. 시간이 흘러 성인이 되어도 내성적인 성격은 바뀌지 않았다.

육아만큼은 소극적으로 하고 싶지 않았다. 육아라는 분야에서는 우등생이 되고 싶었다. 책을 찾아보고 전문가 강연을 들으러 다녔다. 성공한 육아란 무엇일까? 아이가 공부를 잘하면 성공인가? 어른 말을 잘 듣게 키운다면 성공인가? 낳자마자는 먹이고 재우고 씻기기에 열중했다. 걷기 시작하면서 인지 발달, 사회성 발달, 언어 발달을 위해 정보를 검색하며 놀아줬다. 책 육아가 좋다기에 매일 저녁 책을 보여줬다. 성공한 상태를 유지해야 하는 게 어렵다는 '어빙 베를린'의 말이 무겁게 다가왔다. 꾸준함이 중요하다. 어떤 가치를 중요하게 생각하고 살아갈지 육아의 로드맵을 그려본다. 엄마를 따라 하는 윤이를 보며 조심스러워진다.

세 가지 중요하게 여기는 일이 있다. 첫째, 건강한 삶을 위해 잠을 잘 잤으면 한다. 둘째, 책을 좋아하는 사람으로 살아가길 바란다. 셋째, 자신이 무엇을 좋아하는지 알아가며 살았으면 좋겠다. 잘하려 하기보다 자신이 좋아하는 무언가를 찾아 살아간다면 성공한 삶이 되리라고 생각한다.

건강한 수면 습관을 위해 반복한다. 일곱 시에 아침을 준비하고 밤 아홉 시에 잠들기를 칠 년이 넘게 하고 있다. 환경이 바뀌거나 여행을 가면 지키기 힘들다. 하지만 일상으로 돌아오면 제자리를 찾는다. 자기 전 루틴은 책 읽기다. 매일 저녁 영어 노래를 듣는다. 이상한 발음이지만 영어 그림책을 읽어준다. 윤이 혼자 한글을 술술 읽지만 읽어준다. 잠들기 전 책을 읽는 게 습관이 되었다. 저녁 일곱 시 반, 책을 챙겨 침대로 간다. 귀찮을 때도 있다. 습관으로 자리 잡아서 책을 읽지 않으면 오히려 허전하다. 목이 아픈 날은 윤이가 읽어준다.

엄마의 고민을 들어주는 '탐정 사무실'을 열었다. 일인이역으로 내 걱정거리를 꽤 진지하게 풀어 준다. 최근 즐기는 취미가 또 있다. 캐릭터 그리기다. 일주일에 스케치북 한 권을 쓸 정도다. 진화된 버전으로 요즘은 콜라주 기법을 쓴다. 화장 솜을 가져와 물감으로 물들여 머리카락을 만든다. 옷은 리본이나 자투리 천으로 오려서 붙였다. 혼자 만든 캐릭터가 제법 귀엽다. 그림 그리기를 좋아하는 윤이의 꿈은 작가, 화가, 연구가, 모험가이다. 꿈을 어떻게 펼쳐나갈지 기대된다.

살아가는 데 중요한 한 가지가 독서. 미술 전공이라는 핑계로 책을 멀리했다. 성장하기 위해 책은 뗄 수 없는 존재이다. 아이를 잘 키우기 위해 책을 보기 시작했다. 글이 눈에 들어오지 않는다. 처음 몇 장 훑어본다. 완독하기가 힘들다. 한 달은 커녕 일 년에 한 권도 손에 들지 않았다. 예전에 회사를 다닐 때도 그랬다. 일하다 쉬는 시간에 독서하는 사람이 신기했다. 뭐 하러 읽지? 쉬기에도 시간이 부족한데 말이다. 일하다 쉬는 시간에는 주로 낮잠을 잤다. 영어 공부해 보려 어학기를 샀다. 오래가지 않았다. HSK 시험을 준비하려고 교재를 들고 다녔다. 한 번도 펼쳐보지 않은 날이 많았다. 성공한 회사원이 되려고 애썼지만 뭐든지 단발성으로 그쳤다.

성공 육아를 위해 다시 책을 펼쳤다. 아이를 잘 키우려고 찾아봤다. 아이를 위해 꺼낸 책으로 내가 자라고 있다. 성공보

무작정 육아

다는 성장하려고 한다. 티스푼으로 한 스푼씩 달라지고 있다고 믿는다. 육아라는 길은 길다. 어제와 오늘 별다른 거 없어 보인 다면 신생아 시기 사진을 본다. 새록새록 떠오른다. 윤이가 청 소년이 되면 오늘이 생각날 것이다. 칠 년을 함께 보냈다. 그동 안 따라준 윤이가 고맙다. 휴일 낮에 TV 보고 싶을 텐데 참아 준 남편에게 감사하다. 잘 살아온 우리를 다독인다. 시간이 쌓 이니 힘이 생긴다. '내가 그러면 그렇지.' 하며 포기하지 않는다. 귀찮고 쉬고 싶어도 넘어설 수 있는 단단함이 생겼다. 앞이 캄 캄하면 책에서 답을 찾는다. 제자리걸음하고 있다고 느껴지면 지난 사진을 보며 미소 짓는다.

5

5분 쉬운 놀이

고민이 생겨서 '탐정 사무실'을 찾아갔다. '탐정 사무실'은 윤이가 최근에 시작한 놀이다. 종이로 방문에 '영업 중'을 붙여 났다. 내 고민은 '언제까지 아이랑 놀아줘야 할까요?'이다. 탐정님은 고민을 잘 들어주는 편이라 종종 이용한다.

"아이가 몇 살이죠?"

"만으로 일곱 살입니다. 이제 초등학교 2학년 올라가요."

"요즘도 잘 놀아주시나요?"

"아니요. 요즘은 잘 놀아주지 못하고 있습니다. 이제 혼자 놀아도 되지 않을까요?"

"그러시군요. 그래도 아직은 놀아주세요."

무작정 육아

명쾌한 답에 머리가 맑아졌다.

"아…, 그러면 언제까지 놀아줘야 할까요?"

"2학년까지는 놀아줘야 합니다. 3학년이 되면 학교에서도 늦게 오고 하니까 그때 혼자 놀게 해 주세요."

"네. 감사합니다."

"상담비는 오픈 기념으로 손님은 무료입니다. 자주 오세요."

'딸이 옷을 아무 데나 벗어놓습니다.' '딸이 손은 대충 씻습니다.' 등등 주로 딸에 대한 고민을 들고 갔다. 해결을 잘해주니 자주 이용할 생각이다.

탐정 놀이가 끝나고 무슨 놀이가 제일 재밌었는지 궁금해 물었다. '신기한 놀이'가 제일 좋았다고 한다. '신기한 놀이'는 과학 실험 같다며 또 해달란다. 놀아주기 위해서는 부지런해야 한다. 이제는 혼자 알아서 놀겠지 생각했는데 아직은 아닌가 보다. 일 년은 더 놀아줘야겠구나.

코로나19. 아무 놀이 챌린지를 하며 세상에 없는 놀이를 매일 했다. 거실 매트에 마스킹 테이프로 깍두기 모양 노트처럼 칸을 열두 개 만든다. 쪽지에 임무를 적는다. '뒤로 한 칸', '앞으로 두 칸', '제자리' 등등. 쪽지를 뽑는다. 열두 개 칸에서 마지막 칸에 먼저 도착하는 사람이 이긴다. 별거 아닌 놀이에 까르르 웃음이 멈추지 않는다. 보람은 있다. 두 번은 못 하겠다. 이제 쉬운 놀이만 기획했다. 두루마리 휴지 징검다리 밟고 건너기. 몸무게가 20kg이 넘지 않으니 가능했다. 수정토 촉감놀이. 촉감에 예민한 편이라 살살 만지며 놀거라 예상했다. 만 오세 윤이는 달라져 있었다. 으깨고 마구 밟고 논다. 수정토 놀이는 치우는 수고가 필요했다. 병아리콩으로 숫자놀이. 먼저 네임펜으로 눈을 콕콕 찍어주니 병아리가 된다. 숫자와 친해지길 바라는 마음으로 숫자세기를 하며 놀았다. 물감 놀이는 물과 물감, 붓 알아서 꺼내 쓱쓱 그렸다. 물 조절이 익숙해져 종이에 구멍 내지 않고 잘 그린다.

이 밖에 쉬운 놀이로 집안 놀이만 한 게 없다. 밀대로 침대 밑 먼지 청소하기, 자기가 신던 양말 빨기, 쌀을 페트병에 담기. 요리 도우미도 가능하다. 파프리카나 오이를 썰어 준다. 양파까지 가능하다. 눈이 매워 금방 포기하고 가버리긴 한다. 감자 도장 찍기도 쉬운 놀이다. 음식 하다 남은 자투리 채소를 주면 알아서 작품을 만든다.

목욕 놀이도 준비만 해주면 끝이다. 온천을 즐기듯 유아용 욕조에서 간식을 먹으며 DVD를 보기도 한다. 목욕하기 전에 거품 놀이하면 치우기 쉽다. 색소를 여러 가지 섞어보고 빨대로 보글보글 불어 거품을 크게 만든다. 비눗방울 놀이까지 가

무작정 육아

능하다.

여름에는 물풍선 놀이가 효자다. 물만 넣으면 한참을 논다. 몇 개는 다음날 사용하기 위해 냉장고에 얼린다. 물풍선 얼음은 모양 자체로 재밌다. 얼음에 색소, 소금을 뿌려보며 관찰한다. 살살 녹아내리는 게 엄마인 나도 신기하다. 재료에 한계가 없다. 오래된 카놀라유와 밀가루로 촉촉이 모래가 만들어진다. 천연 놀잇감이다. 버리려고 했던 라이스페이퍼도 괜찮은 촉감 놀이 재료다.

"오늘의 놀이는 ○○입니다." 말만 하면 뭐든 놀이가 된다.

내가 어릴 때 친구들과 많이 해본 보드게임, 부루마블을 샀다. 생각보다 재미없다. 예전에는 엄청 재미있었던 거 같은데 이상하다. 그만하고 싶다. 하지만 멈출 수 없다. 윤이는 재밌단다. 서울은 무조건 사야 한다. 서울을 사는 사람이 이기기 때문이다. 다른 도시보다 서울에 걸리면 통행료를 많이 내야 한다. 내가 이기면 윤이 표정은 엉망이다. 희한하게 진짜도 아닌데 돈을 많이 벌면 기분이 좋아진다. 억지로 져주기도 힘든 부루마블. 쉽게 끝나지 않는다. 주말에 아빠랑 실컷 한단다.

놀아주기보다는 내 역할은 준비해 주는 게 전부다. 판만 깔아주면 그 안에서 아이는 창의력을 발휘해 뭐든지 만들어 낸다. 밖에 나가 놀 수 없어도 심심하지 않다. 집 안에서 할 수 있는 놀이는 무궁무진하다. 엄마의 부지런함과 아이의 창의력이 만나면 무료할 틈이 없다. 텔레비전을 틀 겨를도 없다. 2020년, 2021년. 이 년 동안 윤이랑 짝이 되어 보낸 시간이 값지다. 코로나19 덕분이다.

윤이의 취미는 돌멩이, 나뭇가지 수집하기다. 오랜만에 밖으로 나가면 땅을 파고 논다. 개미를 찾으러 다닌다. 《샬롯의 거미줄》을 읽은 후로는 거미줄을 발견하면 반가워한다. 나가기 전에는 옷을 갈아입기 싫어 나가지 않으려 한다. 막상 나오면 집에 들어가지 않는다. 밖에 나가면 5분 놀이는 불가능하다. 대신 쉬운 놀이는 무한으로 할 수 있다. 실컷 놀고 집에 오면 편한 옷으로 갈아입고 조용히 책을 본다. 부잡스럽게 놀던 아이가 차분해진다. 모조리 써버린 에너지를 책으로 충전한다. 바깥 놀이 후 주의할 점이 하나 있다. 빨래할 거리를 세탁기에 넣기 전 주머니 속을 살펴야 한다. 오늘은 어떤 보물을 주웠는지 바지 주머니를 뒤집어 본다.

봄 방학이 얼마 남지 않았다. 명동에 가기로 했다. 명동에 가면 들르는 장소가 있다. 명동 성당 아래 있는 '명동 문고'다. 책보다는 볼펜, 메모지를 구경한다. 입구에 들어서자 아기자기

한 소품들이 눈길을 끈다. 지갑에 용돈을 두둑이 챙겨 온 모양이다. 이리저리 돌아다니며 신중하게 한참을 고민한다. 집어 든 물건은 '사무실' 표지판이다. 그냥 종이로 붙여서 쓰면 될 거 같은데 굳이 사고 싶단다. 내가 보기에는 쓸모없는 소품이다. 5색 볼펜은 9,000원. 스테들러 하늘색 형광펜은 1,500원. 다해서 17,300원을 썼다. 집에 오자마자 원래 있던 사무실 종이를 떼어냈다. 대신 새로 산 '사무실' 표지판을 떳떳하게 붙여놨다.

준비물이 필요 없는 '탐정 사무실'. 진심으로 상담하러 가면 된다.

"어서 오세요. 탐정 사무실입니다. 무슨 고민이 있으신가요?

6

속 편한 게 최고다

아프리카 속담에 '한 아이를 키우려면 온 마을이 필요하다.'라는 말이 있다. 혼자서 아이를 키우기가 쉽지 않다는 뜻이 들어있다. 육아는 어렵다. 어려운 육아를 혼자 감당하다 우울증에 걸리기도 한다. 공감받지 못하면 벗어나기 힘들다. 우울증으로 극단적인 선택으로 이어질 수 있어 방치하면 안 된다고 전문가들은 입을 모은다. 혼자 감당하기 힘들지만, 포기할 수도 없다. 주위 도움 없이 내가 혼자 키울 수 있을까? 불안했다.

산후조리원에서 나오니 막막했다. 덩그러니 애랑 무엇을 해야 할까? 친정엄마가 가까이 있으면 좋으련만. 먼저 태어난 외

손녀를 돌보는 친정엄마도 상황이 여의찮다. 우리가 가기로 했다. 친정엄마랑 같이 있는 게 나을 듯해서 내린 결정이다. 맞벌이하는 여동생 딸인 내 조카는 윤이보다 열 달 먼저 태어났다. 같은 해에 태어나 나이가 같다. 돌이 지나면 어린이집에 다닐 예정이란다. 아직 걷지 못해도 의자나 벽을 잡고 걸어 다닌다. 제법 알아들을 수 있는 말을 한다. 열 살 된 노령견 '까망이'까지 보탠다. 조카가 낮잠을 자는 시간만 빼고는 조용할 틈이 없다. 윤이가 걷기 시작하는 시기가 되면 벌어질 상황을 예상할 수 있었다. 하루가 전쟁이 따로 없다. 식사 시간은 폭격을 맞은 듯하다. 개도 짖고 TV마저 시끄럽다. 귀염받던 까만 푸들 '까망이'는 조카가 태어남과 동시에 찬밥 신세가 되었다. 조카가 무언가를 먹고 있으면 저도 달라고 난리다. 조카가 무언가를 손에 들고 먹고 있으면 뺏어 먹는다. 푸들은 다리 힘이 좋은 편이다. 식탁에 올려둔 고구마도 의자로 올라가 다 먹어 치울 정도다. 힘없는 아이는 뺏기기 마련이었다. 돌 무렵이 된 조카도 컸다. 더 이상 지지 않는다. 둘의 신경전도 볼만하다. 친정엄마랑 같이 있어도 편하지 않다. 밤이 되고 조카가 잠이 든 후에야 평화가 찾아온다. 엄마를 안아 드렸다.

"오늘도 수고하셨어요."

나와 다르게 엄마는 평온하다. 나에게만 전쟁이었던 거다.

손녀의 하루를 기록한다. 먹고 자고 싼 내용을 매일 써 오신 거다.

인천 집과 서울 친정을 오가며 지냈다. 하루하루 윤이는 자라났다. 수유 간격이 자리를 잡고 어느 정도 통잠을 잔다. 인천 집에서 혼자 키워보려 짐을 정리해 돌아왔다. 자주 집을 비운 덕에 썰렁하다. 온기는 없지만 조용하다. 어차피 내 아이 내가 맞춰가며 살아보기로 했다. 그냥 집에만 있었으면 몰랐을 터다. 미래를 체험하고 오니 이 시기를 어떻게 보내야 할지 어렴풋이 알게 되었다.

급한 일을 만들지 않았다. 지금 제일 중요한 일은 윤이 돌보기다. 일단 잘 먹고 잘 자고 잘 싸고 있는가? 기본에만 충실했다. 생활 리듬이 일정해지니 안정감이 생겼다.

우울감이 찾아오기도 한다. 공감받을 수 있는 창구가 절실하다. 육아 선배의 격려가 필요하다.

'애 하나 키우면서 뭐가 힘들어? 재밌지.' 친정엄마의 말씀이다. 이 시기 나에게는 도움이 되지 않는다. 엄마는 우리 삼 남매를 재밌게 키우셨구나. 나는 왜 하나, 그것도 얌전한 아이 하나가 어려울까? 자괴감이 든다. 우울한 마음은 아이에게도 좋지 않다. 나를 응원해 줄 무언가를 찾아야 한다. '내가 제일 좋아하는 게 뭐지?' 아기 띠를 하고 집 근처 카페에 종종 갔다.

삼십 분 휴식 시간이다. 얼음이 가득 든 라테를 마시면 기분 전환이 되었다. 매일 가던 카페 아르바이트생이 바뀌었다. 눈이 크고 초롱초롱하다. 상냥한 목소리, 기분 좋게 하는 미소가 편안하게 한다. 특히 윤이를 좋아한다. 윤이도 그걸 안다. 커피 마시는 동안 아이를 봐준다. 스물네 살 이라는데 아기를 좋아한다. 알고 보니 엄마가 유치원을 운영하신다. 잠시지만 감사하다. 아르바이트를 그만둔다는 아쉬운 소식이 들렸다. 후임자를 소개해 줬다.

'단골 아기 손님이에요.' 새로 온 아르바이트생도 윤이를 좋아했다. 카페 매니저도 매번 우리를 반긴다. 긴 시간은 아니지만 나를 반기고 쉴 수 있다는 자체로 힐링 공간이었다. 그런 공간이 영업을 중단했다. 비록 없어지긴 했어도 그곳을 지날 때면 한동안 마음이 따뜻했다.

내가 손을 내밀면 도와줄 사람이 꼭 있다. 카페라는 의외의 장소일 수도 있다. 키즈 카페도 좋다. 동네에 있는 작은 곳이라 아이가 노는 게 한눈에 보인다. 한 시간만 놀아도 된다. 비용은 음료 포함 한 시간에 6,000원. 화려한 키즈 카페보다 낫다. 춥거나 더울 때, 미세먼지 심한 날은 이곳으로 모인다.

집에서 오 분 거리 작은 도서관도 종종 이용했다. 아이들이 어린이집에 가는 오전에는 한가하다. 마침 일주일에 한 번 책을 읽어주고 독후 활동하는 프로그램이 있다. 자주 가곤 했는데 어떤 날은 윤이 혼자 참가하기도 했다. 딸기가 나오는 책을 읽은 후 딸기를 잘라 관찰한다. 살펴본 딸기를 먹으며 마무리한다. 혼자 한 수업. 선생님이 준비한 딸기는 모두 윤이 차지가 되었다.

가끔은 숨통을 트여야 한다. 우울할수록 부정적인 사람을 피하는 게 좋다. 나에게 밝은 에너지를 줄 사람을 주위에서 찾아보면 도움을 받을 수 있다. 때로는 육아 에세이에서 동지를 만나기도 한다. '나만 그런 게 아니었어.' 위로받는다.

반드시 수유해야 하는 상황만 아니라면 남편에게 아이를 맡겨봐도 좋다. 아빠도 아이를 독점할 시간이 필요하다. 첫돌이 지났다. 돌 치레하느라 기운이 쭉 빠졌다. 남편에게 애를 맡기고 영화를 보러 갔다. 〈라라 랜드〉다. 평생 잊지 못할 영화 중 하나다. 볼거리가 많다. 재미도 재미지만 아이 없이 혼자 영화라니. 겨울이지만 따뜻했다. 아기 띠도 아기차도 없어 가볍다. 도로에 차들이 쌩쌩 달리지만 조용하다. 기저귀, 물티슈가 들어있는 배낭 없이 스마트폰과 카드 한 장 들고 버스를 탔다. 가뿐하다.

집에 돌아오니 윤이가 더 사랑스럽다. 쪽쪽. 뽀뽀 세례를 한다. 별일 없었다고 한다. 영화도 영화지만 나를 위한 시간은 가져보는 게 좋겠다. 가정의 평화를 가져온다.

초등학생이 된 윤이는 아빠를 좋아한다. 말을 배우던 때 '엄마'라는 단어보다 '아빠'라는 말을 먼저 할 정도다. 사회적 거리두기가 완화되었다. '부녀 가을 여행'을 간다. 강원도 영월, 아침일곱 시에 집을 나섰다. 두 사람을 보내고 열 시까지 늦잠을 잤다. 윤이를 낳고는 처음이다. 잊을 수 없는 날, 하나 추가다.

아이에게는 모든 게 처음이다

초등학교에 입학하던 날. 엄마들은 미어캣이 된다. 학교 교문부터 담벼락까지 목을 길에 늘이고 지켜본다. 교문을 통과해 아이가 하나둘 운동장에 모인다. 자기 등보다 큰 가방에 신주머니를 든 아이들이 반별로 줄지어 서 있다. 담임 선생님을 따라 한 줄씩 들어간다. 모두 교실로 들어갔다. 코로나19 여파로 입학식도 사회적 거리를 두며 진행되었다. 늘어섰던 운동장은 텅 비었다. 그래도 엄마들은 정지상태다.

학교 입학하기 전, 학교생활을 연습했다. 책가방 챙기기, 혼자 외투 입기, 실내화 신고 벗어보기, 1교시부터 4교시 대로 생활해 보기. 그리고 책가방 메고 신주머니 들고 학교에 혼자 가보기. 성인 걸음으로 십 분 거리다. 이면도로라 낮에도 차들이 끊이지 않는다. 아침 시간은 출근하고 등교시키려는 차들로 더욱 붐빈다. 학교 가는 길을 미리 익혀 두는 게 좋다. 나는 조금 떨어져서 따라갔다. 윤이는 뒤도 돌아보지 않고 간다. 사거리가 나오면 일단 멈춘다. 확인한 뒤 건넌다. 건널목만 건너면 교문이다. 거기까지 십이 분 걸리니 교문까지 가면 십오 분이 예상된다. 며칠 다녀 보니 비슷하게 걸렸다. 학교 가는 길이 여러 가지다. 이쪽 길 저쪽 길 가보는 재미가 있다. 봄에는 벚꽃 구경하며 걷고 여름 장마에는 첨벙첨벙 다녔다. 가을에는 낙엽 찾아 바스락바스락 밟는다. 눈이 오는 겨울에는 아무도 밟지 않은 새하얀 눈에 발자국을 남긴다. 빙판에 엉덩방아를 찧고 눈물을 쏙 빼기도 했다. 집 앞에 있던 어린이집 다닐 때는 하지 못한 경험이었다.

어린이집을 보내려면 미리 대기를 걸어두어야 했다. 정보가 없던 터라 손 놓고 있다 뒤늦게 세 군데 명단을 올렸다. 딱 한 군데 대기다. 나머지는 다 떨어졌다. 그나마도 확정이 아니니 마냥 기다릴 수밖에 없다. 여느 때처럼 문화센터 수업이 끝나고 친한 동네 엄마들과 수다를 떨고 있었다. 마침 입학 통보를 받는 날이다. 하나둘 메시지가 왔다. 어린이집 입학 확정. 미리 대기를 걸어둔 엄마들은 입학 가능하다는 통보를 받았다. 대학 합격 메시지를 기다리듯 핸드폰을 만지작거렸다. 다른 엄마들은 큰일을 치른 듯 얼굴이 상기되었다. 나만 고개를 숙이고 핸드폰만 보고 있었다.

"나도 문자 왔어요." 어린이집에서 문자가 온 것이다. 서로 축하하며 손을 꼭 잡았다.

입학식은 하지 않았다. 대신 아이와 함께 엄마도 어린이집에 등원했다. 만 2세. 엄마와 떨어지는 게 처음이라 적응할 시간이 필요했다. 교실에 있던 아이 엄마들은 하나둘 빠져나왔다. 나도 윤이를 남겨두고 교실을 나왔다. 엄마가 어디 있는지 찾다가 곧 선생님을 따른다. 일주일 적응 기간이 끝나면 점심도 먹고 온다. 윤이를 선생님께 맡기고 집으로 왔다. 아이 소리가 들리지 않으니 내 집 같지 않다. 어린이집 간 지 삼 주째. 낮잠도 자고 오기 시작했다. 오전에 아홉 시 반에 등원해서 오후 세 시가 되어 집에 온다. 남는 시간에 뭘 해야 할지 모르겠다. 울지는 않나, 밥은 잘 먹나. 원에서 선생님이 전화하면 바로 나갈 태세다. 머리 위로는 말풍선이 끊이지 않는다. 담임 선생님이 올려주신 사진을 보고 나니 그제야 소파에 앉는다. 편한 옷으로 갈아입었다.

　　　　　　　　　　　　　　　무작정 육아

적응 잘했다고 안심하고 있었다. 긴장이 풀린 건지 윤이 몸이 불덩이다. 돌잔치 하는 날 돌발 진으로 열이 38도가 넘었다. 독감이 걸렸을 때도 몸이 펄펄 끓었다. 며칠을 고생했다. 그때와는 다르게 펄펄 끓지는 않았다. 진료받고 해열제를 먹고 나니 가라앉았다. 조그만 몸으로 새로운 생활에 적응하느라 힘들었나 보다. 생후 27개월, 윤이 첫 사회생활이다. 알아서 적응해 보려고 애쓴 엉덩이를 토닥여 줬다.

초등학교에 입학하면 한동안 낯선 상황이 이어진다. 컴퓨터 방과 후 수업. 처음으로 수업을 듣던 날. 멀리서 윤이가 보인다. 표정이 일그러져 있다. 교실에서는 꾹꾹 참고 있었나 보다. 나를 보자마자 울음을 쏟아냈다. 왜 그런지 물어봐도 울기만 한다. 마음에 쌓인 답답함을 토해내고 천천히 진정하며 말한다.

"나 컴퓨터 수업 안 할래. 못 하겠어."

자초지종을 들어보니 마우스와 더블클릭이 문제다. 마우스 사용법이 서투르다. 더블클릭할 줄 몰라 한 시간 넘게 쩔쩔맨 모양이다.

"마우스 왼쪽을 눌러서 열어보라고 하는데 하나도 안돼. 마우스가 잘 안돼서 그냥 있었어."

마우스를 사용해 보지 않았으니 모르는 게 당연했다. 집에 돌아오자마자 내 노트북을 열었다. 마우스를 움직여 보고 더블클릭해 본다. 윤이가 한 클릭은 '따 닥' 그냥 클릭이었다. 마우스 왼쪽을 빠르게 두 번 클릭해야만 아이콘이 열린다. 몇 번 연습하더니 그제야 얼굴에 미소가 퍼진다. '씽씽 펜'에 녹음된 파일을 하나씩 열어 들어봤다.

"안디야(안 돼). 안디야(안 돼)." 두 돌 전 윤이 목소리다. 씽씽 펜은 여러 기능이 있다. 책에 있는 그림이나 글을 찍으면 소리가 난다. 노래가 나오기도 하며 동물 소리, 글을 읽어주기도 한다. 녹음 기능도 있다. 잘못 눌러서 소리가 나오지 않고 녹음이 되고 있었다. 윤이는 원래 나오던 소리가 나오지 않는다며 심통 났다. 펜으로 책을 쿡쿡 두드려 대는 소리가 모두 저장되었다. 윤이는 자기 목소리에 푹 빠졌다. 말리지 않으면 계속 클릭하며 들을 기세다. 많이도 녹음했다. 생후 이십 개월 무렵, 책이 장난감이던 때 녹음 해 둔 자신의 목소리가 지금의 윤이를 달래줬다.

며칠 후, 방과 후 수업이 끝나고 나오는 윤이 눈을 보니 반달 모양이다.

"오늘은 잘 되었어?"

"응. 아주 쉬워. 이렇게 간단한 거였어."

"컴퓨터 수업 계속할 거야?"

제자리에서 통통 뛰며 말한다. "재밌어."

수업이 아니라 게임을 한단다. 이제 방과 후 수업하는 날을 기다린다.

1학년 2학기. 혼자 등교해 보겠다고 한다. 차가 많이 다니는 길이라 불안하다. 여러 갈래 길이니 서로 다른 길로 가서 교문에서 만나기로 했다. 잘 가는지 궁금해 따라가 보니 교차로에서는 딱 멈춘다. 확인한 후 빠르게 건넌다. 먼저 학교에 도착한 윤이는 손은 흔들지 않고 기다린다.

내가 생각했던 것보다 윤이는 강하다. 내가 지레짐작으로 겁먹을 필요가 없었다. 아이를 믿고 기다리면 된다. 윤이 앞에 있는 장애물을 다 치워 줄 수 없다. 어차피 아이 혼자 해내야만 한다. 나는 뒤에서 응원하며 기다릴 뿐이다.

윤이가 세상에 나오던 날, 내가 출산을 주도하지만 혼자서는 안 된다. 아기도 힘을 써야 한다. 힘을 함께 모아야 밖으로 나와 세상의 빛을 볼 수 있다. 엄마와 아기, 역할이 다르다. 이제 나는 칭찬과 격려만 하면 된다. 아이 인생의 주인공은 엄마가 아니니까. 윤이는 인생 살아가는 방법을 혼자서 터득해 나가는 중이다. 곧 2학년 새로운 생활이 시작된다. 아이 뒤에서 존재만으로 든든한 엄마가 되고 싶다.

8

가벼운 육아

계절이 바뀌거나 새 학기를 맞이하면 싹 치우고 싶은 마음이 든다. 치워도 오래가지 못한다. 그래도 마냥 두는 것보다 낫겠지 싶다. 뒤죽박죽이던 물건 중에는 버릴 물건이 많다. 다 써서 나오지 않는 풀, 부러진 색연필, 구겨진 색종이. 색연필, 사인펜은 어찌나 많은지. 모두 내가 샀다고? 어린이집에서 생일 때 받은 사인펜, 사은품으로 받은 색연필, 상으로 받은 연필도 한 다스. 깍두기 노트도 여기저기 구석에서 나온다. 물건이 흔해진 때라더니 쓸데없이 산 학용품, 장난감이 한두 개가 아니다.

아이들 물건은 한때 쓰고 버리는 게 대부분이다. 스티커북, 물놀이 놀잇감, 유아용 미술 도구 등등 버리기 아까워 사진을 찍는다. '당근'에 나눔 글을 올린다. 그냥 버리려고 했던 헌 옷 팔아 8,400원 벌었다.

서른에 배낭여행을 떠났다. 비행기, 유레일패스를 포함해 총비용 삼백만 원. 혼자 가는 여행. 짐은 가벼워야 한다. 비행기에서 내리면 이동 수단은 기차와 두 다리뿐. 짐이 무거우면 계단을 오르내릴 수 없다. 옷은 최대한 가볍게 챙긴다. 매일 다른 옷처럼 보이기 위해 코디를 구상한다. 배낭여행은 종일 걸어야 하니 편한 운동화 두 켤레, 슬리퍼 하나, 샌들 하나. 비상용 음식, 햇반과 라면 고추장이면 될 듯하다. 일본에서도 김치 없이 일 년 살아보니 한 달 정도는 아무것도 아니다. 캐리어 하나 끌고 낙하산 천으로 만든 가방을 어깨에 메고 크로스백에 여권과 비행기 표, 지갑을 챙겼다. 이탈리아 로마로 들어가 프랑스 파리에서 인천으로 돌아오는 일정을 짰다. 날이 갈수록 짐이 무거워졌다. 가벼운 기념품으로 샀지만 늘어나는 짐은 어쩔 도리가 없었다. 파리는 지하철이 불친절했다. 오래된 역사는 계단이 많았다. 마지막 숙소로 가기 위해 지하철을 탔다. 지하로 내려가는 계단을 보자 한숨부터 나왔다. 친절한 파리 시민의 도움으로 내려올 수 있었다. 마음처럼 얼굴도 예쁜 내 또래였다. 고맙다고 연신 인사했다. 지하철에서 숙소까지 대략 십

오 분 걸렸다. 언덕 없이 평지가 이어져 어렵지 않게 도착했다. 일주일간 머무를 숙소에 짐을 풀었다. 독일 뮌헨 '노이슈반스 타인' 성에서 산 퍼즐. 1,000 조각이다. 상자가 제법 자리를 차지했다. 한국으로 가져온 퍼즐은 다 맞추지도 못하고 쓰레기가 됐다. 돈이 많지 않아서 다행이었다. 그렇지 않았다면 필요 없는 물건을 얼마나 더 샀을까?

많이 채워 넣으려 하기보다는 불필요한 부분은 빼고 단순하게 육아하고 싶다. 영양도 과다 섭취하면 부작용이 생기기 마련이다. 부족해 보여 사고 또 샀다. 집 안에 둘 만한 곳도 없는데 말이다. 아이들 놀잇감은 어릴수록 부피가 크다. '국민 문짝', '흔들 목마' 한두 개만 빼도 집이 넓어진다. 아이가 클수록 자잘한 물건이 많아진다. 레고, 미미 인형 소품들, 소꿉놀이. 치우기도 힘들다.

윤이가 학교에 들어가면서 나누고 버리고 팔았다. 책도 만만치가 않다. 한두 권씩 사 모은 그림책부터 여러 전집까지. 책꽂이에 꽂히지 않아 바닥에 뒀다. 그럴수록 그 위로 짐이 점점 쌓인다. 정리가 시급하다. 책은 그냥 버리면 안 된다. 물어봐야 한다. 윤이가 어릴 때, '애가 뭘 알겠어?' 하며 책을 정리했다. 잘 보지 않는 줄 알고 팔았더니 서운해했다. 지금은 물어보고 처분한다. 세 살 때 보던 애착 책 《추피랑 두두랑》전집이 아직도 있다.

단순하게 살고 싶지만 단번에 될 일이 아니다. 나는 문구류를 사 모으는 취미가 있다. 그동안 배운 비즈공예, 선물 포장, 홈패션 재료 등 자잘한 재료들이 집안 곳곳에 있다. 쓸모가 생각나지 않는 재료는 동네 육아카페에 올렸다. 본전이 생각나 아까웠지만 비우고 나니 가벼워졌다. 윤이 놀잇감도 중고로 판다는 글을 올렸다. 인기 있는 물건은 금방 나간다. 일단 글을 올리면 빨리 팔고 싶어 싸게 올린다. 지난 여름방학 동안 판 물건값이 삼십만 원이 넘는다. 나눔 배지도 받았다. 36.5도였던 '당근' 매너 온도가 53.6도다. 일 년간 나누고 판매한 물건이 팔십 개가 넘었다. 내가 그만큼 사들인 게 많다는 증거다.

요즘은 살 때 잘 버릴 수 있는 물건인지 보게 된다. 처분하기 힘든 물건은 사고 싶지 않다. 아무도 원하지 않는다면 폐기물 스티커를 붙여 버려야 한다. 버리는 값도 만만치 않다. 자원순환이 가능한지 환경도 생각한다.

육아하며 집안일에 일까지 하는 엄마라면 가벼운 육아가 속 편하다. 시간이 없을수록 물건을 사들이지 않는다. 택배 쓰레기. 상자, 비닐 포장지가 택배 도착할 때마다 나온다. 대량으로 사면 정리하는 시간이 꽤 걸린다. 인스타그램 인플루언서 집을 보면 깨끗하고 정돈이 잘 되어 감탄이 나온다. '수납함만 있으면 나도 깨끗하게 정리할 수 있을 거 같아.' 구매한다. 비교는 끝이 없었다. 사야 할 품목이 계속 나온다. 이제 사고 싶은 물건이 생기면 장바구니에 넣어두고 잊는다. 불필요한 물건을 덜 사게 된다. 바쁜 엄마라면 오히려 단순하게 육아해야 한다. 물건이 많을수록 일이 많아지기 때문이다.

윤이가 쓰던 식탁 의자를 조카에게 물려줬다. 칠 년 넘게 써도 튼튼하다. 새로운 의자를 들였다. 높이 조절이 되는 의자로 골랐다. 아이는 금방 자라니까. 의자만큼 택배 상자가 크다. 버리지 말란다. 문을 뚫고 색종이로 꾸몄다. 한 자리를 차지하지만, 버릴 수가 없다. 들락날락하며 놀고 있으니 그냥 둔다. 큰 상자는 웬만하면 얻기 힘들다. 일주일만 가지고 놀 줄 알았다. 두 달이 지나고야 버렸다. 큰돈 들이지 않고 잘 놀았다.

인스타그램에서 나오는 미니멀리스트는 못 하겠다. 내 방식대로 불필요한 물건을 정리해 나간다. 한 번에 싹 정리하고 싶다. 하지만 체력이 따라주지 않아 천천히 하기로 했다. 오늘은 미술 도구 카트를 정리했다. 내일은 학교에서 가져온 활동지, 문제집을 버려야겠다.

봄이다. 입지 않는 옷, 작아진 옷 정리해서 사진 찍어 판매 글을 쓴다. 싸게 판 덕분에 단골손님도 생겼다. 버리고 팔고 나눈 덕분에 공간이 넓어졌다. 커피 한잔 여유도 부려본다. 물건으로 가득 차 답답했던 집과 마음이 조금씩 가벼워진다.

시중에 나와 있는 수많은 육아서에 나까지 보탤 것 있나 싶었다. 유명한 사람도 아니고 아이를 영재로 키운 영향력 있는 사람도 아닌데 말이다. 육아하는 형태는 사람마다 다르다.

이 책을 통해 나와 비슷한 성향인 엄마들이 힘을 얻었으면 좋겠다. 나는 약했고 작았으며 쉬이 부서졌다. 그 속에서도 빛을 찾으려 부단히 애썼다. 내가 나를 칭찬하지 않으면 안 된다. 내가 나를 존중할 때 다른 이들도 나를 귀하게 여긴다. 내가 나를 인정하고 보듬어 주는 데까지 시간이 걸렸다. 아직 부족하지만 나는 단단해졌고 자랐으며 상처를 입어도 털고 일어난다.

출생률이 점점 줄어든다는 기사를 봤다. 연애, 결혼, 출산, 육아를 포기하는 시대. 아이 낳고 키우는 사람을 불쌍하게 여긴다. 이토록 어려운 시기에 애를 어떻게 키우냐며. 낳기 전에는 몰랐다. 하나의 생명을 잉태하여 낳고 키우는 일은 위대하다. 아무리 돈이 많아도 살 수 없는 존엄한 일이다. 엄마가 되는 축복을 누리고 있다. 그 사실 만으로도 행복하다. 난임 병원, 한의원을 전전긍긍하며 다닌 덕분에 소중함을 알게 되었는지도 모르겠다. 쉽게 아이를 낳고 키웠다면 느낄 수 없었을 테니까. 아이를 키우며 나의 어린 시절을 떠올린다. 덮어두었던 기억들이 자주 튀어나왔다. 나를 닮은 아이 모습에 놀라기도 한다.

육아는 어려웠다. 어렵게 배웠더니 남는 것도 많다. 초등학교 2학년 윤이. 엄마인 내 나이도 딱 그만큼이다. 미래를 걱정할 필요도 없고 과거를 후회하지 않아도 된다. 오늘을 잘 살면 되기 때문이다. 만약 지금 힘들다면 그 또한 괜찮다. 앞으로 좋아질 일만 있으니까.

집에서 애만 보느라 외로운 시기도 있다. 힘들다고 집안에만 있지 않길 바란다. 밖에 나오면 나를 도와줄 누군가를 만나거나 마음에 드는 장소를 발견할 수도 있으니. 산책하면 늘 가던 곳이 아니라 새로운 곳을 걸어 봐도 좋다. 얼마 전 산밑에 예쁜 카페를 찾았다. 바로 앞에는 초록 나무들이 울창하다. 시끄러운 차 소리 대신 새소리가 들린다. 좋은 사람에게만 알려주고 싶은 장소가 하나 추가다.

아이를 키우며 나를 돌아보는 시간이 많아졌다. 잘하는 게 하나도 없다고 자책하던 나를 버렸다. 이제는 충분히 잘하고 있다고 스스로 칭찬을 아끼지 않는다. 누구든 잘하는 게 한 가지는 있다. 잘 놀아준다거나 먹거리를 신경 쓴다거나. 책을 잘 읽어주거나 볼 뽀뽀를 많이 해주는 엄마일 수도 있다.

아이에게 안 좋은 일이 생기면 일단 엄마 탓을 한다. 엄마가 잘 못해서 그렇다. 감기에 걸려도 엄마 탓. 키가 안 커도 엄마 탓. 애가 예민해도 엄마 탓이란다. 모든 게 엄마 노력으로 달라질 수 있다는 것처럼 말이다.

네이버 카페에 올라온 글을 봤다. 전업주부와 워킹맘 중에 누가 더 힘드냐는 질문이었다. 워킹맘이 더 힘들다는 의견과 전업주부도 힘들다는 의견이 팽팽했다. 둘 다 힘든 게 아닐까? 아기 키우는 지식 없이 아이를 낳았다. 이론을 안다고 해도 실전은 다르고 아이마다 다르다. 내 아이는 나도 처음이다. 육아신이 전적으로 도와주는 사람이 없는 한 전업주부, 워킹맘 쉽고 편한 사람은 없다. 카페에서 수다 떠는 엄마들 부럽다? 마냥 좋은 건 아니다. 어쩌다 한번 모인 걸 수도 있고 나가고 싶지 않은데 참여한 것일 수도 있다. 집안일 맡기고 일하러 나가니 편하다? 남의 돈 벌기 어려운 거. 다 아는 사실이다. 남의

　　　　　　　　　　　　무작정 육아

떡이 더 커 보일 뿐이다.

쓰지 않는 물건을 파는 재미가 붙었다. 낡은 것은 쓰레기로
분류해 버린다. 못 입는 옷을 정리하며 핸드백도 몇 개 버렸다.
윤이랑 외출할 때마다 쓰던 배낭. 신혼여행 갈 때 산 이십만 원
넘는 가방이 기저귀 가방이 될 줄은 몰랐다. 비닐 코딩되어 있
어 비나 눈이 와도 와도 끄떡없었다. 기저귀 파우치, 80장짜리
물티슈는 기본. 애착 이불, 간식, 유아 책, 스티커, 가위, 색연
필, 아기 수첩, 여벌 옷, 손수건, 물통, 숟가락 통. 내 가방에는
없는 게 없었다. 커다랗고 무거웠던 배낭과 작별했다. 고마웠
다. 든든하게 내 등을 지켜줬다. 지금은 손수건, 물통, 수저통
을 윤이가 챙긴다. 용돈과 함께.

출산까지는 내 몸만 돌봤다. 선크림 꼼꼼히 바르고 튼살 크
림도 잊지 않았다. 조리원 퇴실하며 전과는 전혀 다른 삶을 살
게 되었다. 온 신경을 아기 돌보기에 쏟았다.
지금껏 아이를 키우며 가장 중요하게 여긴 것을 추려보자면
크게 세 가지다.
첫째, 잠이 보약이다. 잠만 잘 자고 일어나도 건강을 유지하
는 데 도움이 된다. 낮에 활기차게 보낼 수 있다. 졸리면 짜증

나고 집중도 되지 않는다. 잠자는 시간을 지키려 노력했다. 둘째는 생각하는 사람으로 자라길 바랐다. 그러기 위해 책을 곳곳에 두었다. 가지런히 진열하지 않고 바닥에 깔아놨다. 윤이는 기어다니기 시작하면서 책을 곧잘 꺼냈다. 책이 늘어나서 책장을 맞췄다. 제일 아래 칸에 윤이가 보기 쉽게 꽂았다. 매트를 기어다니며 책이란 책은 모두 꺼내고 펼쳐가며 놀았다. 지금도 윤이는 밖에서 놀고 들어오면 책부터 본다. 마지막으로는 자신을 소중하게 여기는 사람으로 자랐으면 좋겠다. 누군가는 '당연한 거 아니야?' 하겠지만 잊기 쉬운 게 나를 사랑하고 존중하는 일이다. 나를 인정하고 귀하게 대해야 타인도 도울 수 있는 사람으로 자란다고 믿는다.

글을 쓰며 좋았다. 육아가 힘들지만은 않았다는 것을 깨달았다. 아이 키울 수 있는 축복을 받았다. 육체적으로 힘들었던 신생아를 졸업하고 유아 시기 터널을 지났다. 이제는 나를 좀 더 챙겨보려 한다. 아이는 엄마를 보고 자란다. 윤이가 천 원짜리 작은 수첩에 '오늘의 할 일'을 적어놨다. 신기해서 물어보니 엄마 따라 해 봤다고. 일기와 독서 노트 쓰기. 학습지 풀기, 성경 필사하기. 그날 해야 할 일을 계획할 줄 안다. 다 지키지 못해도 크게 실망하지 않는다. 아이는 내 거울과도 같다. 나부

무작정 육아

터 나 자신을 소중히 해야겠다. 아이를 보며 또 배웠다.

아침 등원하는 아이들을 보면 윤이가 어린이집 다닐 때가 생각난다. 지나고 보니 좋았다. 윤이가 걸어 다니기 시작한 후로는 예쁜 짓이 늘었다. 눈에 넣어도 아프지 않다는 말은 아이 모습을 눈에 가득 담아 넣고 넣어도 더 채울 수 있다는 뜻일 터다. 책가방을 메고 교문 들어가는 뒷모습이 매일 새롭다. 기적과도 같은 하루하루 아이와 함께 성장하는 모습을 완성해 가려고 한다.

어렵게 낳고 힘들게 키운다고?
무작정 육아

초판인쇄 2023년 11월 8일
초판발행 2023년 11월 15일

지은이 김희진
발행인 조현수, 조용재
펴낸곳 도서출판 프로방스
기획 조용재
마케팅 최관호, 최문섭
교열 · 교정 이승득

주소 경기도 파주시 산남동 693-1
전화 031-942-5366
팩스 031-942-5368
이메일 provence70@naver.com
등록번호 제2016-000126호
등록 2016년 06월 23일

정가 16,800원
ISBN 979-11-6480-340-8 (03810)